DECIFRA-ME

TAHEREH MAFI

DECIFRA-ME

São Paulo
2022

Grupo Editorial
UNIVERSO DOS LIVROS

Find Me
Shadow me © 2019; Reveal me © 2019 by Tahereh Mafi
All rights reserved

© 2022 by Universo dos Livros
Todos os direitos reservados e protegidos pela Lei 9.610 de 19/02/1998.
Nenhuma parte deste livro, sem autorização prévia por escrito da editora, poderá ser reproduzida ou transmitida sejam quais forem os meios empregados: eletrônicos, mecânicos, fotográficos, gravação ou quaisquer outros.

Diretor editorial: **Luis Matos**
Gerente editorial: **Marcia Batista**
Assistentes editoriais: **Letícia Nakamura e Raquel F. Abranches**
Tradução: **Cynthia Costa**
Preparação: **Jonathan Busato**
Revisão: **Nathalia Ferrarezi e Tássia Carvalho**
Capa: **Colin Anderson**
Foto de capa: **Sharee Davenport**
Arte e Adaptação da capa: **Renato Klisman**
Projeto gráfico: **Aline Maria**

Dados Internacionais de Catalogação na Publicação (CIP)
Angélica Ilacqua CRB-8/7057

M161d Mafi, Tahereh

    Decifra-me / Tahereh Mafi ; tradução de Cynthia Costa.

    — São Paulo : Universo dos Livros, 2022.

    160 p. (Estilhaça-me)

    ISBN 978-65-5609-169-3

    Título original: Find me

    1. Literatura infantojuvenil norte-americana 2. Distopia

    3. Ficção norte-americana I. Título II. Costa, Cynthia

21-5435

Universo dos Livros Editora Ltda.
Avenida Ordem e Progresso, 157 – 8º andar – Conj. 803
CEP 01141-030 – Barra Funda – São Paulo/SP
Telefone/Fax: (11) 3392-3336
www.universodoslivros.com.br
e-mail: editor@universodoslivros.com.br
Siga-nos no Twitter: @univdoslivros

SUMÁRIO

PROTEJA-ME
07

REVELA-ME
79

ESCONDIDO À VISTA DE TODOS

PROTEJA-ME

Um

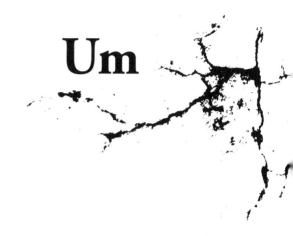

Já estou acordado quando o despertador dispara, mas não abri meus olhos ainda. Sinto-me tão cansado. Meus músculos estão tensos, ainda doloridos de uma sessão de treinamento intenso de dois dias atrás, e meu corpo parece pesado. Morto.

Meu cérebro está doendo.

O despertador é estridente e persistente. Eu o ignoro. Alongo os músculos do pescoço e gemo baixinho. O relógio não vai parar de gritar. Alguém bate forte contra a parede perto da minha cabeça, e ouço a voz abafada de Adam me mandando desligar o despertador.

— Todo dia — ele grita. — Você faz isso todo santo dia. Juro por Deus, Kenji, um dia desses vou entrar aí e destruir esse troço.

— Tudo bem — murmuro, sobretudo para mim mesmo. — Tudo bem. Fique calminho.

— *Desligue isso.*

Respiro fundo, mas de forma entrecortada. Bato cegamente no relógio até que pare de tocar. Finalmente conseguimos nossos próprios quartos na base, mas ainda não tenho paz. Nem privacidade. As paredes são finas como papel, e Adam não mudou em nada. Continua mal-humorado. Sem nenhum senso de humor.

Geralmente irritadiço. Às vezes não consigo lembrar por que somos amigos.

Com algum esforço, arrasto-me até ficar em uma posição sentada. Esfrego os olhos, fazendo uma lista mental de todas as coisas que tenho que fazer hoje, e, então, de repente, uma onda horrível...

Eu me lembro do que aconteceu ontem.

Jesus.

Tanto drama em um só dia que mal consigo me recordar de tudo.

Ao que parece, Juliette tem uma irmã há muito desaparecida. E Warner, pelo visto, torturou a irmã de Juliette. Warner e Juliette romperam o namoro. Juliette saiu correndo e gritando. Warner teve um ataque de pânico. A ex-namorada de Warner apareceu. Sua ex-namorada deu um *tapa* nele. Juliette ficou bêbada. Não, espere... J ficou bêbada *e* raspou a cabeça. E, então, eu vi Juliette de calcinha... Uma imagem que ainda estou tentando apagar da minha mente. Daí, como se tudo isso já não fosse o suficiente, depois do jantar de ontem eu fiz algo muito, muito idiota.

Com essa lembrança, eu baixo a cabeça nas mãos e me odeio. Uma nova onda de constrangimento me atinge com força, e eu respiro fundo novamente. Obrigo-me a olhar para cima. A clarear meus pensamentos.

Nem tudo está horrível.

Eu tenho um quarto para mim agora; um quartinho, mas um quarto meu com janela e vista para máquinas industriais de ar-
-condicionado. Tenho uma escrivaninha. Uma cama. Um armário básico. Ainda tenho que compartilhar o banheiro com alguns outros caras, mas não posso reclamar. Um quarto privado é um luxo que eu não tinha há algum tempo. É legal ter um espaço para ficar sozinho à noite com meus pensamentos. Um lugar para tirar

a máscara de felicidade que me forço a usar mesmo quando estou tendo um dia ruim.

Eu me sinto grato por isso.

Estou exausto, sobrecarregado e estressado, mas sou grato.

E me forço a dizer isso em voz alta. *Sou grato.* Tiro alguns momentos para saborear a sensação. Reconhecê-la. Eu me forço a sorrir para liberar a tensão do meu rosto que poderia muito facilmente se transformar em raiva. Sussurro um rápido obrigado para o desconhecido, para o ar, para os fantasmas solitários escutando minhas conversas particulares com ninguém. Eu tenho um teto sobre a cabeça e roupas sobre o meu corpo e comida esperando por mim toda manhã. Tenho amigos. Uma família improvisada. Estou solitário, mas não estou sozinho. Meu corpo funciona, meu cérebro funciona, estou vivo. É uma vida boa. Tenho que fazer um esforço consciente para me lembrar disso. Escolher ser feliz todos os dias. Se não fizesse isso, acho que minha dor teria me matado há muito tempo.

Sou grato.

Alguém bate na minha porta — duas batidas fortes — e dou um pulo, assustado. A batida é estranhamente formal; a maioria de nós nem se preocupa com esse ato de cortesia.

Eu coloco uma calça de moletom e, hesitando um pouco, abro a porta.

Warner.

Meus olhos arregalam-se enquanto o meço de cima a baixo. Não acho que ele já tenha aparecido na minha porta antes, e não consigo decidir o que é mais estranho: o fato de ele estar aqui ou o fato de ele parecer tão normal. Bem, normal para Warner. Sua aparência é exatamente a mesma de sempre. Reluzente. Polida. Bizarramente calma e controlada para alguém largado pela namorada no dia anterior. Não daria para saber que é o mesmo cara que, no fim de tudo, encontrei deitado no chão tendo um ataque de pânico.

— Ahn, ei — limpo o sono da minha garganta. — O que foi?

— Você acabou de acordar? — ele pergunta, olhando para mim como se eu fosse um inseto.

— São seis da manhã. Todo mundo nesta ala acorda às seis da manhã. Não precisa ficar decepcionado.

Warner olha sobre meu ombro, para o quarto, e, por um momento, não diz nada. Depois, rapidamente:

— Kishimoto, se eu levasse em consideração os parâmetros medíocres das outras pessoas para medir minhas conquistas, nunca teria chegado a lugar nenhum — ele me olha nos olhos. — Você deveria exigir mais de si mesmo. Você é completamente capaz.

— Você está… — eu pisco, perplexo. — Desculpa, mas esse é seu jeito de fazer um elogio?

Ele me encara com o rosto impassível.

— Vista-se.

Arqueio as sobrancelhas.

— Você vai me levar para tomar café da manhã?

— Temos três outros hóspedes inesperados. Acabaram de chegar.

— *Ah* — dou um passo inconsciente para trás. — Que merda.

— Sim.

— Mais filhos de comandantes supremos?

Warner assente.

— São perigosos? — pergunto.

Warner quase sorri, mas parece infeliz.

— Estariam aqui se não fossem?

— Certo — suspiro. — Tem razão.

— Encontre-me lá embaixo em cinco minutos, e atualizo você.

— Cinco minutos? — arregalo os olhos. — Ná-não, sem condições. Preciso tomar um banho. Nem tomei café da manhã...

— Se tivesse levantado às três, já teria feito tudo isso e mais.

— Três da manhã? — eu fico boquiaberto. — Está louco?

E, quando ele diz, sem nem uma pontinha de ironia...

— Não mais do que de costume.

... fica claro para mim que esse cara não está bem.

Eu suspiro forte e me afasto, odiando-me por perceber esse tipo de coisa, odiando-me mais ainda por essa minha necessidade constante de ajudar as pessoas. Não consigo evitar. Castle disse para mim uma vez, quando eu era criança, que a minha compaixão era fora do comum. Eu nunca tinha pensado sobre isso assim — com palavras, com uma explicação — até ele me dizer. Sempre tinha odiado isto, o fato de eu não conseguir ser mais durão. Odiava o fato de ter chorado tanto quando vi um pássaro morto pela primeira vez. E de quando costumava trazer para casa todos os vira-latas que encontrava, até Castle finalmente me dizer que eu tinha que parar, que não tínhamos recursos para cuidar deles. Eu tinha doze anos. Ele me fez soltá-los, e eu chorei por uma semana. Odiei ter chorado. Odiei não conseguir me controlar. Todo mundo pensa que não dou a mínima para as coisas — ou que não deveria dar —, mas dou. Sempre dei.

E me importo até com esse traste.

Então, respiro fundo e digo:

— Ei, cara... Você está bem?

— Eu estou bem — sua resposta é rápida. Fria.

Eu poderia deixar pra lá.

Warner está me dando uma chance. Eu deveria aceitar. Deveria aproveitar e fingir que não estou notando a tensão em sua mandíbula nem a vermelhidão ao redor dos seus olhos. Tenho meus próprios problemas, meus próprios fardos para carregar, minha própria dor e frustração, e, além disso, ninguém nunca me pergunta sobre o meu dia. Ninguém nunca me estende a mão, ninguém se preocupa em espiar por baixo da superfície do meu sorriso. Então, por que eu deveria me importar?

Eu não deveria.

Deixe isso pra lá, digo a mim mesmo.

Abro a boca para mudar de assunto. Abro a boca para seguir em frente e, em vez disso, ouço-me dizer:

— Vamos, cara. Nós dois sabemos que isso não é verdade.

Warner desvia o olhar. Um músculo salta em sua mandíbula.

— Você teve um dia difícil ontem — continuo. — Tudo bem ter uma manhã difícil também.

Depois de uma longa pausa, ele diz:

— Estou acordado há um tempo.

Eu solto um suspiro. Nada que eu não esperasse.

— Lamento — eu falo. — Entendo.

Ele ergue os olhos. Encontra os meus olhos.

— Entende?

— Sim. Entendo.

— Eu não acho que você entenda, na verdade. Aliás, espero que não. Não gostaria que você soubesse como me sinto agora. Não desejaria isso para você.

Isso me atinge mais do que eu esperava. Por um momento, não sei o que dizer.

Decido olhar para o chão.

— Você já a viu? — pergunto.

E, então, tão baixinho que quase não escuto:

— Não.

Merda. Esse garoto está partindo o meu coração.

— Não sinta pena de mim — diz ele, seus olhos brilhando quando encontram os meus.

— O quê? Eu não... Eu não estou...

— Vista-se — Warner diz bruscamente. — Vejo você lá embaixo.

Eu pisco, assustado.

— Certo — digo. — Legal. Ok.

E ele sai.

Dois

Fico na porta por um minuto, passando as mãos pelo cabelo e tentando me convencer a entrar. De repente, sinto dor de cabeça. De alguma forma, eu me tornei um ímã para dores. Dores de outras pessoas. Minha própria dor. O que acontece é que não tenho ninguém para culpar além de mim mesmo. Eu me pergunto o que me trouxe aqui. Eu me importo demais com as coisas. Transformo-as em problemas meus quando não deveria fazer isso, depois tenho de aguentar as porras das consequências.

Balanço a cabeça e, então... me encolho.

A única coisa que Warner e eu parecemos ter em comum é que nós dois gostamos de canalizar nossas frustrações na academia. Levantei peso demais outro dia e não me alonguei depois, agora estou pagando por isso. Mal consigo levantar os braços.

Respiro fundo, arqueio as costas. Estico o pescoço. Tento desfazer os nós nos ombros.

Ouço alguém assobiar pelo corredor e olho para ver quem é. Lily pisca para mim de uma forma óbvia e exagerada, e reviro os olhos. Eu realmente gostaria de me sentir lisonjeado, porque não sou modesto o suficiente para negar que tenho um corpo bonito, mas Lily não podia estar menos aí para mim. Ela faz isso — zomba de mim por eu andar sem camisa — quase toda manhã. Ela e Ian. Juntos. Os dois estão namorando discretamente há alguns meses.

— Tá em forma, hein, mano — Ian sorri. — Isso aí é suor ou óleo de bebê? Você está tão brilhante.

Mostro pra ele o dedo do meio.

— Essa cueca roxa ficou ótima em você — diz Lily. — Ótima escolha. Combina com seu tom de pele.

Lanço um olhar incrédulo para ela. Posso estar sem camisa, mas estou definitivamente — olho para baixo — vestindo uma calça de moletom. Minha cueca não está à vista.

— Como você *poderia* saber a cor da minha cueca?

— Memória fotográfica — diz ela, batendo na têmpora.

— Lily, isso não significa que você tenha visão de raio-X.

— Você está usando cueca roxa? — a voz de Winston, assim como um cheiro distinto de café, surgem no corredor. — Que inspirador.

— Tá, tá, vão todos se foder.

— Ei… Nossa… Achei que você não tivesse permissão para usar linguagem chula — diz Winston, suas botas pesadas batendo no chão de concreto. Ele está lutando contra uma risada quando diz: — Achei que você e Castle tivessem um acordo.

— Isso não é verdade — digo, apontando para ele. — Castle e eu concordamos que eu poderia usar a palavra *merda* o quanto eu quisesse.

Winston ergue as sobrancelhas.

— De qualquer forma — murmuro —, Castle não está aqui agora, está? Portanto, mantenho minha declaração original. Fodam-se, todos vocês.

Winston ri, Ian balança a cabeça e Lily finge parecer ofendida, quando…

— Eu definitivamente estou aqui agora e ouvi isso — Castle chama de dentro de seu escritório.

Eu me encolho.

Costumava falar palavrões profusamente quando era adolescente — muito mais do que agora —, e isso incomodava Castle. Sua preocupação era que eu nunca encontrasse uma maneira de articular minhas emoções sem raiva. Ele queria que eu abrandasse meu jeito de falar, usando palavras específicas para descrever como eu estava me sentindo, em vez de gritar obscenidades raivosas. Ele parecia tão preocupado que concordei em suavizar minha linguagem. Mas fiz essa promessa há quatro anos e, por mais que eu ame Castle, muitas vezes me arrependo dela.

— Kenji? — Castle novamente.

Sei que ele está esperando um pedido de desculpas. Olho pelo corredor e vejo sua porta aberta. Estamos todos espremidos uns contra os outros, mesmo com as novas acomodações. Warner basicamente teve que reformar este andar, o que exigiu muito trabalho e sacrifício, então, não é que eu esteja reclamando.

Mas, mesmo assim…

É difícil não ficar irritado com a esmagadora falta de privacidade.

— Foi mal — grito de volta.

Posso ouvir Castle suspirar, mesmo do outro lado do corredor.

— Uma comovente demonstração de remorso — diz Winston.

— Tudo bem, o show acabou — eu gesticulo para que todos saiam. — Preciso tomar banho.

— Sim, precisa mesmo — diz Ian, arqueando uma sobrancelha.

Eu balanço a cabeça, exausto.

— Não acredito que aguento vocês, seus babacas.

Ian ri.

— Você sabe que estou brincando com você, certo?

Quando eu não respondo, ele diz:

— Sério, você está ótimo. Devíamos ir para a academia mais tarde. Preciso de alguém para me orientar.

Aceno, apenas um pouco amolecido, e murmuro um adeus. Volto para o quarto para pegar meus itens de banho, mas Winston me segue e encosta no batente da porta. É apenas aí que noto que ele está segurando um copo de papel para viagem.

Meus olhos brilham.

— Isso é café?

Winston se afasta da porta, horrorizado.

— É o *meu* café.

— Passe pra cá.

— O quê? Não.

Estreito meus olhos para ele.

— Por que não pega um pra você? — ele diz, empurrando seus óculos para a ponta do nariz. — Este é só o meu segundo. E você sabe que são necessários ao menos três antes de eu despertar.

— É, bem, tenho que descer daqui a cinco minutos senão Warner vai me matar, e não tomei café da manhã ainda e já estou exausto e realmente…

— Toma — o rosto de Winston escurece quando ele entrega o café. — Seu monstro.

Pego o copo.

— Que *alegria*.

Winston murmura algo desagradável sob sua respiração.

— Ei — tomo um gole do café. — Por falar nisso… Você, ahn…

O pescoço de Winston fica vermelho de repente. Ele desvia os olhos.

— Não.

Eu levanto minha mão livre.

— Ei… Sem pressão nem nada. Só estava me perguntando.

— Estou esperando o momento certo — diz.

— Legal. Claro. Estou muito feliz por você, só isso.

Winston ergue os olhos. Lança um sorriso incerto.

Ele está apaixonado por Brendan há muito tempo, mas sou o único que sabe disso. Winston nunca pensou que Brendan estaria interessado, porque, até onde sabíamos, ele só namorava mulheres. Mas, alguns meses atrás, Brendan saiu, brevemente, com outro cara do Ponto, e foi quando Winston se abriu para mim sobre a coisa toda. Ele me pediu para guardar segredo, disse que queria ser ele a falar sobre o assunto na hora certa e, desde então, está tentando criar coragem para falar com Brendan. O problema é que Winston acha que é um pouco velho para Brendan e fica preocupado que, se Brendan recusar, isso possa acabar com a amizade deles. Por isso está esperando. Pelo momento certo.

Dou um tapinha em seu ombro.

— Estou feliz por você, mano.

Winston solta uma risada nervosa e ofegante, diferente da de costume.

— Não fique muito feliz ainda — diz ele. E, então, balança a cabeça como se quisesse colocar as ideias no lugar. — De qualquer modo, aproveite o café. Preciso ir buscar outro.

Levanto o copo de café em um gesto de *obrigado* e *tchau,* e, enquanto me afasto para recolher minhas coisas para um banho rápido, meu sorriso desaparece. De alguma forma, não posso deixar de ser lembrado, o tempo todo, da minha própria solidão.

Mato o café em alguns goles rápidos e profundos, e jogo o copo fora. Silenciosamente, vou para o chuveiro, meus movimentos mecânicos quando ligo a água. Tiro a roupa. Esfrego o corpo. Lavo. Enxáguo. O de sempre.

Fico paralisado por um momento, observando a piscina de água nas minhas mãos viradas para cima. Suspiro, pressiono minha testa contra o azulejo frio e liso enquanto a água quente desce sobre as minhas costas. Sinto um certo alívio conforme meus músculos começam a relaxar, o calor e o vapor liberando os nós de tensão sob a pele. Tento focar no luxo deste banho, na minha gratidão por este milagre da água quente, mas meus pensamentos menos gratos continuam me rondando, bicando meu coração e minha mente como abutres emocionais.

Estou muito feliz por meus amigos. Eu os amo, mesmo quando eles me irritam. Eu me importo com eles. Desejo a sua felicidade. Mas ainda dói um pouco quando parece que, em todos os lugares que olho, todo mundo parece ter alguém.

Todos menos eu.

É uma loucura o quanto eu gostaria de não me importar. Desejo muito, o tempo todo, não me importar com esse tipo de coisa — eu poderia ser como Warner, uma ilha congelada e implacável; ou até mesmo como Adam, que encontrou sua felicidade na família, em seu relacionamento com o irmão. Mas não sou como nenhum dos dois. Na verdade, sou um grande coração em carne viva e passo meus dias fingindo não perceber que quero mais. Que *preciso* de mais.

Pode parecer estranho dizer, mas sei que poderia amar muito alguém. Eu sinto isso, de coração. Essa capacidade de amar. De ser romântico e apaixonado. Como se fosse um superpoder que tenho. Um dom, até.

E não tenho ninguém com quem compartilhar.

Todo mundo pensa que sou uma piada.

Corro minhas mãos pelo rosto, fechando os olhos com força enquanto me lembro da interação com Nazeera ontem à noite.

Ela veio até *mim*, tento me lembrar.

Nunca me aproximei dela. Nem tentei falar com ela de novo, não depois daquele dia na praia, quando ela deixou claro que não estava nem um pouco interessada em mim. Embora eu não tenha tido a chance de falar com ela depois disso, de qualquer maneira; tudo virou uma loucura. J foi baleada e todos entraram em frenesi, e toda aquela merda entre Warner e Juliette, e agora cá estamos.

Mas, na noite passada, eu estava na minha, ainda tentando descobrir o que fazer sobre o fato de o nosso comandante supremo estar marinando lentamente em meio litro do melhor uísque de Anderson, quando Nazeera veio até mim. Do nada. Foi logo depois do jantar — ela nem estava lá durante o jantar! — e simplesmente surgiu, como uma aparição, encurralando-me quando eu estava saindo da sala de jantar. Literalmente me encurralou e me perguntou se era verdade que eu tinha o poder da invisibilidade.

Ela parecia tão brava. E fiquei tão confuso. Não sabia como ela sabia e não sabia por que ela se importava, mas lá estava ela, bem na minha frente, exigindo uma resposta, e não vi mal nenhum em lhe dizer a verdade.

Então eu disse que sim, era verdade. E ela de repente ficou ainda mais zangada.

— Por quê? — perguntei.

— Por que, o quê? — seus olhos brilharam, grandes e elétricos de emoção.

Ela estava usando um capuz de couro e as luzes de um lustre próximo faziam reluzir o *piercing* de diamante perto de seu lábio inferior. Eu não conseguia parar de olhar para a boca dela. Os lábios dela estavam ligeiramente separados. Carnudos. Macios.

Eu me forcei a desviar o olhar.

— O quê?

Ela estreitou os olhos.

— Do que você está falando?

— Eu pensei… Espere, do que estamos falando?

Ela se virou, mas não antes que eu visse o olhar de descrença na cara dela. Pode ser que tivesse indignação também. E, então, rápida como um relâmpago, ela virou de volta.

— Você apenas se finge de burro o tempo todo? E sempre fala como se estivesse bêbado?

Eu congelo. Dor e confusão giram na minha cabeça. A dor do insulto e a confusão de…

Sim, eu não tinha ideia do que estava acontecendo.

— O quê? Eu não falo como se estivesse bêbado.

— Você está olhando para mim como se estivesse bêbado.

Merda, ela é bonita.

— Não estou bêbado — disse. Estupidamente. E, então, balancei a cabeça e me lembrei de ficar com raiva. Afinal, ela tinha acabado de me ofender. — De qualquer forma, foi você que veio atrás de mim, lembra? Você começou esta conversa. E eu não sei por que está tão brava… Aliás, nem sei por que você se importa. Não é minha culpa ser capaz de ficar invisível. É só uma coisa que aconteceu comigo.

E, então, ela tirou o capuz do rosto e seu cabelo caiu em ondas — escuro, sedoso e pesado. Ela disse algo que não ouvi porque meu cérebro estava pirando, tipo, devo dizer a ela que estou vendo seu cabelo? Ela sabe que eu posso ver o cabelo dela? Ela queria que eu visse seu cabelo? Ela iria surtar, agora, se eu lhe dissesse que posso ver seu cabelo? Mas concluí que, como não deveria estar vendo o cabelo dela agora, era melhor não dizer nada. Estava com medo de que ela o cobrisse de novo e, para ser sincero, estava gostando muito do que estava vendo.

Ela estalou os dedos na minha cara.

Eu pisquei.

— O quê? — e, então, percebendo que usei demais essa pergunta naquela conversa, adicionei: — Hmm?

— Você não está me ouvindo.

— Estou vendo seu cabelo — eu disse, apontando.

Ela respirou fundo, irritada. Parecia impaciente.

— Nem sempre cubro meu cabelo, sabe.

Balancei a cabeça.

— Não — eu disse estupidamente. — Não sabia.

— Nem poderia, mesmo se quisesse. É ilegal, lembra?

Fiz uma careta.

— Então por que você cobre seu cabelo? E por que sempre me incomoda tanto com isso?

Ela tirou o capuz de seus ombros e cruzou os braços. Seu cabelo era comprido. Escuro. Seus olhos, profundos. Claros, cor de mel, brilhando contra sua pele morena. Ela era tão linda que estava me assustando.

— Conheço muitas mulheres que perderam o direito de se vestir assim sob o Restabelecimento. Havia uma enorme população muçulmana na Ásia, você sabia disso? — ela não aguarda a minha resposta. — Eu tive que assistir, em silêncio, enquanto meu próprio pai enviava o decreto para que as mulheres fossem despidas. Soldados desfilavam com elas pelas ruas e rasgavam as roupas de seus corpos. Arrancavam os lenços de suas cabeças e as envergonhavam publicamente. Foi violento e desumano, e fui forçada a suportar como testemunha. Eu tinha onze anos — sussurrou. — Odiei aquilo. Odiei meu pai por fazer isso. Por me fazer assistir. Então tento homenagear aquelas mulheres quando posso. Para mim, é um símbolo de resistência.

— Ah.

Nazeera suspirou. Parecia irritada, mas, aí... Ela riu. Não foi uma risada de diversão, mas de descrença. Considerei como um progresso, porém.

— Acabei de te contar algo realmente importante para mim — disse ela — e "ah" é tudo o que você consegue dizer?

Eu pensei um pouco. E, então, com cuidado:

— Não?

De alguma forma, por algum motivo desconhecido, ela sorriu.

Também revirou os olhos, mas seu rosto se iluminou e, de repente, ela pareceu mais jovem — mais doce — e não consegui parar de olhar para ela. Não sabia o que tinha feito para ganhar aquela expressão na cara dela. Provavelmente não fiz nada para merecê-la. Ela devia estar rindo de mim.

Não me importei.

— Eu, ah, acho isso muito legal — eu disse, lembrando-me de falar algo. Para reconhecer a importância do que ela compartilhou comigo.

— Você acha o que *muito legal?* — ela arqueou uma sobrancelha.

— Isso — acenei com a cabeça para o cabelo dela. — Essa coisa... Toda. Essa história.

E foi aí que ela caiu de vez na risada. Gargalhada. Ela mordeu o lábio para controlar o som e balançou a cabeça ao dizer, suavemente:

— Você está tirando uma com a minha cara, né? Você é péssimo nisso aqui.

Pisquei para ela. Acho que não entendi a pergunta.

— Você não sabe conversar comigo — ela disse. — Eu deixo você nervoso.

Empalideci.

— Eu não... Quero dizer, eu não diria que você...

— Acho que talvez eu tenha sido um pouco dura com você — ela falou e suspirou. Desviou o olhar. Mordeu o lábio novamente. — Eu pensei... Naquela noite em que nos conhecemos, pensei que você estava tentando ser babaca. Entende? — ela encontrou meus olhos. — Tipo, pensei que você estava de joguinho comigo. Sendo caloroso e frio de propósito. Me ofendendo num minuto, me convidando para sair no próximo.

— O quê? — meus olhos se arregalaram. — Eu nunca faria isso.

— Sim — ela concordou suavemente. — Acho que estou percebendo isso. Os caras que conheci, em sua maior parte, eram manipuladores, condescendentes ou burros, inclusive meu irmão. Então, acho que não esperava que você fosse assim... honesto.

— Ah — fiz uma careta. Não tinha certeza se ela queria que isso fosse um elogio. — Obrigado?

Ela riu de novo.

— Acho que devemos começar de novo — disse ela, estendendo a mão como se fosse apertar a minha. — Sou a Nazeera. Prazer em conhecê-lo.

Timidamente, peguei sua mão. Prendi minha respiração. A pele dela era lisinha, macia contra a minha palma calejada.

— Oi — eu disse. — Sou o Kenji.

Ela sorriu. Foi um sorriso feliz e genuíno. Tive um pressentimento de que aquele sorriso iria me matar. Na verdade, tinha certeza de que toda a situação iria me matar.

— É um ótimo nome — disse ela, soltando minha mão. — Você é japonês, certo?

Eu assenti.

— Você fala a língua?

Balancei a cabeça.

— Sim. É difícil. Linda, mas difícil. Estudei japonês por alguns anos — explicou ela —, mas é uma língua difícil de se dominar. Ainda tenho apenas uma compreensão rudimentar. Na verdade, passei uma temporada no Japão, bem, no que costumava ser o Japão, por um mês. Fiz um grande *tour* pelo continente asiático em sua versão remapeada.

E, então, tenho a impressão de que ela me fez outra pergunta, mas fico surdo de repente. Distraído. Ela estava falando comigo sobre o país em que meus pais nasceram, um lugar que realmente significa algo para mim e, mesmo assim, eu não consegui me concentrar. Ela tocou muito a boca. Correu o dedo ao longo do lábio inferior. Ela tinha o hábito de bater, muitas vezes, no *piercing* de diamante que tem ali, e não tenho certeza se ela estava mesmo ciente de que estava fazendo isso. Mas era quase como se estivesse me dizendo — me guiando — para olhar para a sua boca. Não pude evitar. Estava pensando em beijá-la. Estava pensando em muitas coisas. Encostá-la na parede. Despi-la lentamente. Correr minhas mãos por seu corpo nu.

Então, de repente…

Um banho de água fria.

Seu sorriso desapareceu abruptamente. Sua voz foi suave, um pouco preocupada, quando ela disse:

— Ei, você está bem?

Não estou bem.

Ela estava perto demais. Perto demais, e meu corpo respondendo ao dela, e eu não sabia como esfriar. Desligar.

— Kenji?

E, então, ela tocou meu braço. Tocou meu braço e pareceu surpresa por ter feito isso, apenas olhou surpresa para a própria mão no meu bíceps, e eu me forcei a ficar parado, segurando para não mover um músculo enquanto as pontas dos seus dedos roçavam minha pele e uma onda de prazer inundava meu corpo tão rápido que me senti embriagado de repente.

Ela tirou a mão e desviou o olhar. Voltou os olhos para mim. Parecia confusa.

— Merda — falei baixinho. — Acho que posso estar apaixonado por você.

E, então, com um choque sísmico de terror, minha cabeça voltou ao lugar. Pulei verticalmente dentro da minha própria pele. Achei que fosse morrer. Pensei que poderia realmente morrer de constrangimento. E queria. Queria derreter para dentro da Terra. Evaporar. Sumir.

Jesus, quase sumi mesmo.

Não conseguia acreditar que tinha dito aquelas palavras em voz alta. Não consegui acreditar que fui traído pela minha maldita boca. Nazeera olhou para mim, atordoada e ainda processando, e, de alguma forma — por nada menos que um milagre —, consegui me recuperar.

Eu ri.

Ri. Aí falei, com a indiferença perfeita:

— Estou brincando, obviamente. Acho que estou exausto. Enfim, boa noite.

Consegui andar, não correr, de volta ao meu quarto, e fui capaz de manter o que restou da minha dignidade. Espero.

Mas quem diabos sabe.

Vou ter de vê-la novamente, provavelmente muito em breve, e tenho certeza de que ela vai me avisar se devo fazer planos de voar diretamente para o sol.

Merda.

Eu desligo a água e fico lá, ainda encharcado.

Aí, porque me odeio, respiro fundo e abro a água fria por dez dolorosos segundos.

É muito eficiente. Limpa minha cabeça. Esfria meu coração.

Tropeço ao sair do chuveiro.

Arrasto-me pelo corredor, forçando minhas pernas a dobrarem, mas ainda estou me movendo como se estivesse ferido. Olho para o relógio na parede e xingo baixinho. Estou atrasado. Warner vai me matar. Eu realmente precisava passar uma hora me alongando; meus músculos ainda estão muito tensos, mesmo depois de um banho quente, mas não tenho tempo. E, então, com uma careta, percebo que Warner estava certo. Algumas horas matinais extras teriam me feito muito bem.

Suspiro pesadamente e me movo em direção ao quarto. Estou vestindo minha calça de moletom, mas com apenas uma toalha enrolada em volta do meu pescoço, porque estou com dor demais para puxar uma camiseta por cima da cabeça. Acho que talvez eu possa roubar uma camisa de botões do Winston — algo que possa colocar mais facilmente do que meus suéteres — quando ouço a voz de alguém. Olho para trás, distraído, e, naqueles dois segundos, perco de vista para onde estou indo. Vou trombar com alguém.

Alguém.

Palavras voam para fora da minha cabeça. De uma hora para outra.

Somem.

Sou um idiota.

— Você está *molhado* — diz Nazeera, franzindo o nariz ao saltar para trás. — Por que você está…

Eu a observo, vejo como ela olha para baixo. Depois para cima. Examina meu corpo, lentamente. Eu a vejo desviar o olhar e limpar a garganta, e, de repente, ela não consegue mais encontrar meus olhos.

A esperança floresce em meu peito. Desbloqueia minha língua.

— Ei — digo.

— Ei — ela acena com a cabeça. Cruza os braços. — Bom dia.

— Você precisa de algo?

— Eu? Não.

Luto contra um sorriso. É estranho vê-la nervosa.

— Então, o que você está fazendo aqui?

Ela está apertando os olhos para algo atrás de mim.

— Você... Hmm, você sempre anda por aí sem camisa?

Ergo as sobrancelhas.

— Aqui em cima? Sim. Quase o tempo todo.

Ela acena com a cabeça novamente.

— Vou me lembrar disso.

Como não digo nada, ela finalmente me olha.

— Eu estava procurando Castle — diz baixinho.

— O escritório dele fica por ali — mostro com a cabeça. — Mas ele provavelmente já desceu agora.

— Ah — ela diz. — Obrigada.

Nazeera ainda está olhando para mim. Ainda está olhando para mim e fazendo meu peito apertar. Dou um passo à frente quase sem perceber. Imaginando, apenas pensando. Não sei o que ela está pensando. Não sei se consegui estragar tudo ontem à noite. Mas, por algum motivo, agora...

Ela está encarando a minha boca.

Seus olhos se movem, encontram os meus, e ela olha para a minha boca novamente. Eu me pergunto se ela sabe que está fazendo isso. Eu me pergunto se ela tem alguma ideia do que está fazendo comigo. Meus pulmões parecem pequenos. Meu coração, rápido e absurdamente pesado.

Quando Nazeera encontra meus olhos novamente, ela respira forte. Estamos tão perto que posso sentir sua expiração contra meu peito nu e sou tomado por uma necessidade desorientadora de beijá-la. Quero puxá-la em meus braços e beijá-la, e, por um momento, eu realmente acho que ela deixaria. Apenas de pensar nisso sinto um arrepio pela espinha, uma sensação estonteante que inspira minha mente a vagar para muito longe, muito rápido. Consigo visualizar com uma clareza assustadora a fantasia de tê-la em meus braços, seus olhos escurecidos e pesados de desejo. Posso imaginá-la debaixo de mim, seus dedos cravados nas minhas costas enquanto ela grita…

Jesus Cristo.

Eu me forço a me virar. Quase dou um tapa na minha cara.

Não sou esse cara. Não sou um garoto de quinze anos que não consegue controlar os hormônios. Não sou.

— Eu, ahn, tenho que me vestir — digo, e até posso ouvir a instabilidade na minha voz. — Te vejo lá embaixo.

Mas, então, a mão de Nazeera está no meu braço novamente, e meu corpo enrijece, como se eu estivesse tentando conter algo além de mim mesmo. É uma sensação selvagem. Desejo como eu nunca tinha sentido antes. Tento me lembrar de que é só isso, de que é como J disse — eu nem conheço essa garota. Estou apenas passando por uma fase. Não sei exatamente qual nem por quê. Mas estou apenas, tipo, enfeitiçado. Nem mesmo a conheço.

Isso não é real.

— Ei — ela diz.

Eu fico parado.

— Sim? — mal estou respirando.

Tenho que me forçar a voltar um centímetro, encontrar seus olhos.

— Queria te dizer uma coisa. Na noite passada. Mas eu não tive a oportunidade.

— Ah — minha testa fica franzida. — Tá bom.

Há algo em sua voz que soa quase como medo... E clareia minha cabeça em um instante.

— Diga.

— Não aqui — ela diz. — Não agora.

E, de repente, fico preocupado.

— Há algo errado? Você está bem?

— Ah, não, quero dizer, sim, estou bem. É só... — ela hesita. Oferece um meio sorriso e um encolher de ombros. — Só queria te contar algo. Não é nada importante — ela desvia o olhar, morde o lábio. Morde com frequência o lábio inferior, eu noto. — Bom, é importante para mim, eu acho.

— Nazeera — eu falo, apreciando o som de seu nome na minha boca.

Ela ergue os olhos.

— Você está me assustando um pouco. Tem certeza de que não pode me dizer já?

Ela assente. Dá um sorriso tenso.

— Não precisa se assustar, eu juro. Realmente não é grande coisa. Talvez possamos conversar hoje à noite?

Meu coração se contrai novamente.

— Claro.

Ela acena com a cabeça mais uma vez e nos despedimos.

Mas, quando olho de volta, nem um segundo depois, ela já se foi. Desapareceu.

Três

Warner está, definitivamente, puto da vida.

Estou superatrasado e ele está esperando por mim, sentado rigidamente em uma cadeira na sala de conferências no andar de baixo, olhando para a parede.

Consigo pegar um bolinho ao descer e limpo rapidamente meu rosto, na esperança de não ter deixado evidências ao redor da boca. Não sei o que Warner pensa sobre bolinhos, mas acho que ele não é fã.

— Ei — falo, e pareço sem fôlego. — O que eu perdi?

— Isso é minha culpa — diz ele, gesticulando para o resto da sala. Ele nem mesmo olha para mim.

— Bom, eu já sei que é culpa sua — digo rapidamente. — Mas, apenas para ficar claro, do que estamos falando?

— Disto — ele responde, finalmente olhando para mim. — Desta situação.

Eu espero.

— É culpa minha — continua, fazendo uma pausa dramática — pensar que eu poderia contar com você.

Faço um esforço para não revirar os olhos.

— Tudo bem, tudo bem, calma. Estou aqui agora.

— Você está trinta minutos atrasado.

— Mano.

Warner parece repentinamente cansado.

— Os filhos dos comandantes supremos da África e da América do Sul estão aqui. Eles estão esperando na sala ao lado.

— Ah, é? — ergo uma sobrancelha. — Então, qual é o problema? Para que você precisa de mim?

— Preciso que você esteja presente — diz bruscamente. — Não tenho certeza se entendo exatamente por que eles estão aqui, mas todo pensamento racional aponta para uma guerra iminente. Suspeito que eles estejam aqui para nos espionar e mandar recados para os seus pais. Eles enviaram os filhos para dar um ar de camaradagem. Um sentimento de nostalgia. Talvez pensem que conseguirão apelar para a nossa nova jovem comandante com outros rostos jovens. De qualquer forma, acho que é importante mostrarmos uma frente forte e unida.

— Então, nada de J, hein?

Warner ergue os olhos. Ele parece atordoado e, por um segundo, vejo algo como dor em seus olhos. Pisco, e ele é uma estátua novamente.

— Não — ele diz. — Ainda não a vi. E é mais importante do que nunca que eles não saibam disso.

Ele respira.

— Onde está o Castle? Ele precisa estar aqui também.

Encolho os ombros.

— Achei que ele já estivesse aqui.

— Eu o vi um momento atrás. Vou buscá-lo.

Caio em uma cadeira.

— Legal.

Warner vai até a porta e hesita. Devagar, ele se vira para mim.

34

— Você está com problemas de novo.

Olho para cima, surpreso.

— O quê?

— Apaixonado. Está com problemas na sua vida amorosa. É por isso que chegou atrasado?

Sinto o sangue sumir do meu rosto.

— Como diabos você saberia de algo assim?

— Você está fedendo a isso — ele aponta para mim, para o meu corpo. — Você está praticamente emanando agonia de amor.

Fico olhando para ele, atordoado. Nem sei se vale a pena negar.

— É Nazeera, não é? — Warner pergunta.

Seus olhos estão límpidos, sem julgamento.

Eu me forço a assentir.

— Ela retribui o seu afeto?

Lanço a ele um olhar beligerante.

— Como diabos eu vou saber?

Warner sorri. É a primeira emoção real que ele demonstrou hoje.

— Suspeitei que ela pudesse estripar você — diz. — Mas admito que pensei que ela usaria uma faca.

Eu forço um "Ah" sem humor.

— Tenha cuidado, Kishimoto. Acho necessário lembrar-lhe que ela foi criada para ser letal. Eu não despertaria a ira dela.

— Ótimo — murmuro, deixando cair a cabeça sobre as mãos. — Me sinto tão bem com isso. Obrigado pela conversa encorajadora.

— Você também deve saber que há algo que ela está escondendo.

Minha cabeça levanta.

— O que você quer dizer?

— Não sei exatamente. Só sei que ela está escondendo algo. Eu ainda não sei o que é. Mas aconselharia você a pisar com cautela.

De repente, sinto um mal-estar, minha testa fica franzida de pânico. Pergunto-me sobre sua mensagem enigmática. O que ela queria me dizer ontem à noite. O que ela ainda pode me dizer esta noite.

E, então, eu percebo...

— Espere um segundo — minha testa ainda está franzida. — Você acabou de me dar um conselho de namoro?

Warner inclina a cabeça. Há um lampejo de sorriso novamente.

— Estou meramente retribuindo o favor.

Dou risada, surpreso.

— Obrigado, cara. Obrigado.

Ele assente.

E, então, virando elegantemente, Warner abre a porta e a fecha atrás dele. O cara se move como um príncipe. Ele está sempre vestido como um príncipe. Botas brilhantes e ternos justos e toda essa merda.

Suspiro, irracionalmente irritado.

Estou com inveja? Droga, talvez esteja com inveja.

Warner sempre parece tão controlado. Ele está sempre frio e centrado. Sempre tem uma linha de raciocínio, uma resposta. Uma cabeça limpa. Aposto que nunca sofreu como eu por uma garota. Nunca teve de trabalhar tão duro para...

Uau!

Sou um idiota.

Não sei como consegui esquecer que a namorada dele literalmente terminou o namoro. *Eu estava lá.* Eu vi as consequências. O cara teve um ataque de pânico no chão. Ele estava *chorando*.

Suspiro forte e passo as mãos pelo cabelo.

Sei que deveria me fazer sentir melhor, mas só me sinto pior ao perceber que Warner é tão propenso ao fracasso nos relacionamentos

DECIFRA-ME

quanto eu. Isso me faz pensar que não tenho nenhuma chance com Nazeera.

Argh, odeio tudo!

Espero alguns minutos até Warner e Castle voltarem e, enquanto isso, pego outro bolinho do bolso e o devoro de nervoso, dando mordidas grandes e enfiando os pedaços cegamente na boca.

Quando Castle passa pela porta, estou quase engasgado com as migalhas do bolinho, mas consigo emitir um rápido olá. Castle faz uma careta, claramente reprovando meu estado geral, e finjo não notar. Aceno e tento engolir o restante. Meus olhos estão lacrimejando um pouco.

Warner chega, fecha a porta atrás deles.

— Por que você insiste em comer como um animal? — ele me repreende.

Faço cara feia, começo a falar, mas ele me interrompe erguendo uma mão.

— Não se *atreva* a falar comigo de boca cheia.

Engulo o mais rápido que posso e quase engasgo, mas me forço a engolir o que falta. Limpo a garganta antes de falar:

— Querem saber? Estou farto dessa merda. Vocês sempre tiram sarro do meu jeito de comer, e não é justo.

Warner tenta falar, mas eu o corto.

— Não — digo. — Eu não me alimento como um animal. Acontece que estou *faminto*. E talvez você deva experimentar passar fome por alguns dias antes de tirar sarro do meu jeito de comer, ok, babaca?

É impressionante a rapidez com que acontece, mas algo muda no rosto de Warner. Não a tensão em sua mandíbula nem o vinco entre as sobrancelhas, mas, por um momento, a luz de seus olhos se apaga.

Ele se vira em exatamente quarenta e cinco graus para longe de mim e diz em tom solene:

— Estão nos esperando na sala ao lado.

Warner olha de novo para mim, depois desvia.

Castle e eu o seguimos para fora da sala.

Ok, talvez eu tenha perdido alguma coisa, mas esses jovens não parecem tão assustadores. Há um par de gêmeos — um menino e uma menina — que falam um com o outro muito rapidamente em espanhol e um garoto alto e negro com sotaque britânico. Haider, Nazeera e Lena estão visivelmente ausentes, mas todos estão sendo educados e fingindo não notar. São muito simpáticos, na verdade. Especialmente Stephan, o filho do comandante supremo da África. Ele parece legal; estou sentindo menos vibrações de *serial killer* nele do que nos outros. Mas ele está usando uma pulseira em sua mão esquerda, prateada com pesadas pedras vermelhas que parecem rubis, e não consigo parar de sentir como se eu já tivesse visto algo parecido antes. Eu continuo olhando, tentando descobrir por que me parece familiar, quando, de repente…

Juliette aparece.

Pelo menos, acho que é Juliette.

Parece uma pessoa diferente.

Ela entra na sala usando uma roupa que eu nunca vi nela, preta da cabeça aos pés, e está com boa aparência, linda como sempre, mas diferente. Parece mais durona. Mais zangada. Não achei que gostaria do cabelo curto dela — ontem à noite estava um trabalho malfeito e desalinhado —, mas ela deve ter acertado o corte hoje de manhã. Está totalmente uniforme. Simples e elegante.

Fica bem nela.

38

— Bom dia — ela diz, e sua voz é tão vazia que, por um momento, fico atordoado.

Ela consegue fazer essas duas palavras soarem *maldosas*, e é um comportamento tão atípico para ela que me assusta.

— Nossa, princesa — digo baixinho. — Esta é mesmo você?

Ela olha para mim por apenas um segundo, mas parece olhar *através* de mim, e há algo na expressão fria, venenosa de seus olhos que parte meu coração mais do que qualquer coisa.

Não sei o que aconteceu com minha amiga.

E, então, como se essa merda não pudesse ficar mais dramática, Lena entra pela porta como uma espécie de debutante. Provavelmente, ela estava esperando nos bastidores o momento certo para fazer sua entrada. Para desequilibrar Juliette.

Não funciona.

Assisto, como se fosse através da água, ao primeiro encontro de Juliette com Lena. Juliette está rígida e imponente, e fico orgulhoso de sua força, mas mal consigo reconhecê-la neste momento.

J não é assim.

Ela não é fria assim.

Já a vi ficar com raiva — putz, já a vi perder a cabeça, até —, mas ela nunca foi cruel. Ela não é *má*. Não que eu ache que Lena mereça um tratamento melhor, porque não merece. Eu não dou a mínima para Lena. Mas isto — esta exibição — é tão incompatível com a personalidade de Juliette que deve significar que ela está sofrendo até mais do que eu pensava. Mais do que eu poderia imaginar. Como se a dor a tivesse desfigurado.

Eu tenho como saber. Eu a *conheço*.

Warner poderia me matar se soubesse que me sinto assim, mas a verdade é que conheço Juliette melhor do que ninguém. Melhor do que ele.

A matemática é simples: J e eu estamos mais próximos há mais tempo. Ela e eu passamos por mais merdas juntos. Tivemos mais tempo para conversar sobre coisas importantes. Ela é minha amiga mais próxima.

Castle sempre esteve por perto também, mas ele é como um pai para mim, e eu não posso falar com ele ou com qualquer outra pessoa como falo com Juliette. Ela é diferente. Ela me entende. Dou um puta trabalho a ela por ser emotivo o tempo todo, mas adoro como ela demonstra empatia. Adoro o fato de ela sentir as coisas tão profundamente que às vezes até a alegria consegue feri-la. É quem ela é. Ela é só coração.

E esta... Esta versão dela que estou vendo agora?

É uma enganação.

Não posso aceitar porque sei que não é real. Porque sei que significa que algo está errado.

De repente, uma onda de vozes raivosas interrompe meu devaneio.

Olho para cima a tempo de perceber que Lena disse algo desagradável. Valentina, a gêmea, vira-se contra ela, e me forço a prestar mais atenção ao que ela diz:

— Eu devia ter cortado suas orelhas quando tive a chance.

Minhas sobrancelhas sobem na testa.

Dou um passo à frente, confuso, e olho ao redor da sala em busca de uma pista, mas uma tensão estranha e desconfortável reduziu todos ao silêncio.

— Hmm, desculpem — falo, limpando a garganta. — Mas será que perdi alguma coisa?

Mais silêncio.

É Lena quem finalmente dá uma explicação, mas sei que não devo confiar quando ela fala:

— Valentina gosta de fazer cena.

Nicolás, o outro gêmeo, volta-se para ela em um instante, furiosamente rebatendo em espanhol. Valentina dá um tapinha no ombro do irmão.

— Não — ela diz —, sabe de uma coisa? Tudo bem. Deixe-a falar. Lena acha que eu gosto de fazer cena — ela diz uma palavra em espanhol —, então não vou fazer cena.

Stephan fica boquiaberto no que parece ser um choque, mas Lena apenas revira os olhos, então, não tenho ideia do que acabou de acontecer.

Faço uma careta. É frustrante tentar acompanhar essa conversa.

Mas, quando olho para Juliette, percebo, com um alívio bem-vindo, que não sou o único a me sentir assim; J não sabe do que eles estão falando. Nem Castle. E, assim como eu, acho que Warner deve estar confuso também, e ele começa a falar com Valentina em espanhol fluente.

De repente, minha cabeça começa a girar.

— Droga, mano — digo. — Você fala espanhol também, é? Vou ter que me acostumar com isso.

— Todos nós falamos muitas línguas — disse-me Nicolás. Ele ainda parece um pouco irritado, mas fico grato por sua explicação. — Temos que ser capazes de nos comunic...

Juliette o interrompe, brava.

— Escutem, gente, não me importo com seus dramas pessoais. Estou com uma horrível dor de cabeça e um milhão de coisas para fazer hoje. Gostaria de começar logo.

Ah.

Claro. Juliette está de ressaca.

Aposto que ela nunca teve uma ressaca. E, se isso não fosse, tipo, uma situação de vida ou morte, acharia meio hilário.

Em resposta, Nicolás diz algo suavemente a ela e, em seguida, baixa a cabeça, fazendo uma pequena reverência.

Cruzo meus braços. Não confio nele.

— O quê? — Juliette o encara, confusa. — Não sei o que isso significa.

Nicolás sorri para ela. Ele diz outra coisa em espanhol — agora fica óbvio que está zombando dela — e quase chuto a cara do merdinha.

Warner chega até ele antes de mim e diz algo para Nicolás, outra coisa que não entendo, mas, de alguma forma, isso deixa Juliette ainda mais furiosa.

Que manhã estranha.

Ouço Nicolás dizer "Prazer em conhecê-lo" em inglês e estou oficialmente tão confuso que acho que deveria apenas sair daqui.

Juliette diz:

— Imagino que todos vocês participarão do simpósio hoje.

Outra reverência idiota de Nicolás. Mais palavras em espanhol.

— Isso é um sim — traduz Warner.

Isso parece irritá-la. Ela se vira para encará-lo.

— Quais outras línguas você fala? — ela pergunta, seus olhos brilhando, e Warner fica tão repentinamente quieto que meu coração dói por ele.

Este momento é muito real.

Warner e Juliette estão tão cheios de melindres hoje. Estão fazendo tipo, fingindo ser tão duros, tão frios e controlados, e aí... *isso*. Juliette fala uma coisa para ele, e Warner se transforma em um bobalhão. Ele está olhando para ela, abobalhado demais para falar, e ela está corada, parecendo toda quente e irritada só porque ele está olhando para ela.

Jesus.

Eu me pergunto se Warner tem alguma ideia da impressão que está passando neste momento, encarando Juliette como se todas as palavras tivessem sido empurradas para fora de sua cabeça e, então, com um solavanco, pergunto-me se é assim que eu fico quando converso com Nazeera.

Um arrepio involuntário percorre meu corpo.

Finalmente, Stephan tira Warner de sua amargura.

Ele pigarreia e diz:

— Aprendemos muitas línguas desde muito jovens. É fundamental que os comandantes e suas famílias saibam se comunicar uns com os outros.

Juliette olha para baixo e se recompõe. Quando ela vira para Stephan, seu rosto já perdeu boa parte do rubor, mas ela ainda parece um pouco rosada.

— Pensei que o Restabelecimento quisesse se livrar de todas as línguas — fala Juliette. — Achei que estivessem trabalhando na direção de uma única língua universal...

— *Sí*, Senhora Suprema — diz Valentina. (Eu conheço essa palavra. Significa "sim". Não sou um idiota completo.) — É verdade — ela confirma. — Mas primeiro tínhamos que ser capazes de falarmos uns com os outros, não?

E, então...

Não sei por que, mas algo na resposta de Valentina toca Juliette. Ela parece quase como ela mesma novamente. Seu rosto perde a tensão. Seus olhos se abrem — quase tristes.

— De onde você é? — ela diz baixinho, e sua voz soa tão desprotegida que me dá esperança... Esperança de que a verdadeira J ainda esteja ali, em algum lugar. — Antes de o mundo ser remapeado... Quais eram os nomes dos seus países?

— Nascemos na Argentina — respondem os gêmeos.

— Minha família é do Quênia — diz Stephan.

— E vocês já se visitaram? — Juliette vira-se, examina seus rostos. — Vocês viajam para os continentes uns dos outros?

Eles assentem.

— Nossa — ela diz. — Deve ser incrível.

— A senhora precisa vir nos visitar também, Senhora Suprema — Stephan sorri. — A senhora adoraria ficar conosco. Afinal — ele diz —, agora a senhora é uma de nós.

E, de uma hora para outra, o sorriso de Juliette desaparece.

Seu rosto se fecha. Fica trancado. Ela volta a ser a pessoa fria, presa em sua própria concha, de quando chegou, mais cedo. Sua voz soa severa:

— Warner, Castle, Kenji?

Limpo a garganta.

— Sim?

Ouço Castle dizer:

— Sim, Sra. Ferrars?

Olho para Warner, mas ele não responde. Apenas a encara.

— Se já terminamos aqui, gostaria de falar com vocês três sozinhos, por favor.

Olho de Warner para Castle, esperando que alguém diga algo, mas ninguém se manifesta.

— Ahn, sim — digo rapidamente. — Não, hmm, sem problemas — lanço um olhar para Castle, do tipo *Que diabos?*, e ele logo colabora com um "É claro".

Warner ainda está olhando para ela. Ele não fala nada.

Quase dou um tapa nele.

Juliette parece concordar com a minha linha de pensamento, porque ela se afasta, parecendo extremamente irritada enquanto caminha, e me ponho a segui-la porta afora quando sinto uma mão no meu ombro. Uma mão pesada.

Olho diretamente nos olhos de Warner e não vou mentir — é uma experiência desorientadora. Esse cara tem olhos selvagens. Pálidos, de um verde gélido. São um pouco desconcertantes.

— Dê-me um minuto com ela — diz ele.

Concordo. Dou um passo para trás.

— Sim, fique à vontade.

E ele se foi. Eu o ouço chamar por ela e fico ali, desajeitadamente, observando a porta aberta e ignorando os outros na sala. Cruzo os braços. Limpo a garganta.

— Então é verdade — diz Stephan.

Eu me viro, surpreso.

— O que você quer dizer?

— Eles realmente se amam — ele acena em direção à porta aberta. — Aqueles dois.

— Sim — digo, confuso. — É verdade.

— Nós ouvimos falar sobre isso, claro — diz Nicolás. — Mas é interessante testemunhar em pessoa.

— Interessante? — arqueio uma sobrancelha. — Interessante como?

— É bem comovente — responde Valentina com aparente sinceridade.

Castle vem até mim.

— Já faz pelo menos um minuto — ele sussurra.

— Certo — concordo. — Bem, veremos vocês mais tarde — digo para todos na sala. — Se ainda não tiverem tomado café da manhã, peguem bolinhos na cozinha. São gostosos. Comi dois.

Quatro

Eu quase tropeço tentando parar no lugar quando entramos no corredor. Warner e Juliette não foram longe, estão próximos um do outro, claramente tendo uma conversa acalorada e importante.

— Devíamos sair daqui — sugiro a Castle. — Eles precisam de espaço para conversar.

Mas Castle não responde de imediato. Ele está olhando para os dois com um olhar intenso em seu rosto e, pela primeira vez na vida, eu o vejo de forma diferente.

Como se eu não o conhecesse.

Depois de tudo que Warner me disse ontem — sobre como Castle sempre soube que Juliette tinha uma história complicada, sobre como ele sabia que ela era um recurso fundamental, que tinha sido adotada, que seus pais biológicos a haviam doado para o Restabelecimento e que ele tinha *me* enviado em uma missão secreta para buscá-la —, sinto-me um pouco estranho agora. Não mal, exatamente. Estranho. Tudo isso não é uma revelação suficiente para perder totalmente a fé em Castle; ele e eu também passamos por coisa demais para eu duvidar de seu amor.

Mas me sinto diferente.

Inquieto.

Quero perguntar a ele por que escondeu tudo isso de mim. Quero exigir uma explicação. Mas, por algum motivo, não consigo fazer isso. Ainda não, de qualquer maneira. Acho que talvez eu tenha medo de ouvir as respostas às minhas próprias perguntas. Eu me preocupo com o que podem revelar sobre *mim*.

— Sim — Castle finalmente diz, o som de sua voz mudando o foco dos meus pensamentos. — Talvez devêssemos dar-lhes o espaço de que precisam.

Lanço a ele um olhar incerto.

— Você não acha que eles ficam bem juntos, acha?

Castle se vira para mim, surpreso.

— Pelo contrário. Acho que eles têm sorte de terem se encontrado neste mundo infernal. Mas, se quiserem ter uma chance de felicidade, terão que continuar se curando. Individualmente — ele se vira de novo, estudando os dois. — Quero que eles façam o difícil trabalho de sugar o veneno de seu passado.

— Nojento.

Castle sorri.

— De fato.

Ele coloca o braço sobre os meus ombros. Aperta.

— Meu maior desejo para você — diz — é que você se veja do jeito que eu o vejo: como um jovem brilhante, bonito e compassivo que faria qualquer coisa pelas pessoas que ama.

Eu me afasto, surpreso.

— O que te faz pensar isso?

— É apenas algo que venho me lembrando de dizer em voz alta — ele suspira. — Quero que você entenda que Nazeera é uma garota muito, muito sortuda por ser o objeto do seu afeto. Gostaria que você percebesse isso. Ela é talentosa e linda, sim, mas você...

— Espere. O quê? — sinto-me repentinamente nauseado. — Como você...?

— Ah — Castle diz, seus olhos bem abertos. — Era um segredo? Eu não sabia que era um segredo. Me desculpe.

Resmungo um palavrão.

Ele ri.

— Tenho que dizer que, se você estiver interessado em manter esse segredo consigo, é melhor mudar suas táticas.

— O que quer dizer?

Ele encolhe os ombros.

— Você não se vê quando está perto dela. Seus sentimentos são óbvios para todos. De qualquer lugar.

Coloco minha cabeça nas mãos e emito um gemido.

E, quando finalmente olho de novo para cima, pronto para responder, estou tão distraído pela cena diante de mim que me esqueço de falar.

Warner e Juliette estão envolvidos em um *momento*.

Um momento bem apaixonado, bem aqui, no corredor. Percebo, enquanto os vejo, que nunca os tinha visto se beijando antes. Estou congelado. Um pouco atordoado. E sei que deveria, tipo, desviar o olhar — quero dizer, sei, na minha cabeça, que deveria desviar, que essa é a coisa certa a fazer. Mas estou meio fascinado.

Eles claramente têm uma química maluca.

O relacionamento deles nunca fez muito sentido para mim — não conseguia entender como alguém como Warner poderia ser parceiro emocional de qualquer pessoa que seja, muito menos de alguém como Juliette: uma garota que come, dorme e respira emoção. Raramente o via expressar *qualquer coisa*. O que me preocupava era que Juliette estivesse dando muito crédito a ele, que ela aguentava as bobagens dele em troca de... Nem sei o quê. Um sociopata com uma extensa coleção de casacos?

Principalmente, o que me preocupava era que ela não estivesse recebendo o tipo de amor que merecia.

Mas, agora, de repente...

O relacionamento deles faz sentido. De uma hora para outra, tudo o que ela já me disse sobre ele faz sentido. Ainda acho que não entendo Warner, mas é óbvio que algo nela acende um fogo nele. Ele parece vivo quando ela está em seus braços. Humano como eu nunca o vi antes.

Como se estivesse apaixonado.

E não apenas apaixonado, como irremediavelmente apaixonado. Quando se separam, os dois parecem um pouco doidos, mas Warner parece ficar especialmente desequilibrado. Seu corpo treme. E, quando ela de repente sai correndo pelo corredor, sei que isso não vai terminar bem.

Meu coração dói. Por ambos.

Vejo Warner cair para trás, contra a parede, afundando na pedra até que seus membros cedam. Ele desmaia no chão.

— Vou falar com ele — diz Castle, e o olhar arrasado em seu rosto me surpreende. — Você vai atrás da Sra. Ferrars. Ela não deveria ficar sozinha agora.

Respiro fundo.

— Entendi.

E, então:

— Boa sorte.

Ele apenas assente.

Tenho que bater na porta de Juliette algumas vezes antes que ela finalmente atenda. Ela abre um centímetro e diz:

— Esqueça.

E, então, tenta fechá-la com força.

Seguro a porta com a minha bota.

— Esqueça o quê? — empurro a porta com o ombro e consigo entrar. — O que está acontecendo?

Ela anda pelo quarto e fica o mais longe de mim possível.

Não entendo. Não entendo por que ela está me tratando assim. E abro a boca para dizer exatamente isso, quando ela fala:

— Esqueça, não quero falar com nenhum de vocês. Por favor, vá embora. Ou, talvez, possam ir todos para o inferno. Eu não me importo.

Pisco. Suas palavras são como murros. Ela está se dirigindo a mim como se eu fosse o inimigo, e não consigo acreditar nisso.

— Você está... Está falando sério?

— A Nazeera e eu vamos partir para o simpósio daqui a uma hora — ela rebate, ainda sem olhar para mim. — Preciso me aprontar.

— O quê? — para começar, quando foi que ela e Nazeera viraram melhores amigas? E, depois...

— O que está acontecendo, J? O que há de errado com você?

Ela dá um giro, seu rosto como uma caricatura espantada. Parece revoltada.

— *O que há de errado comigo?* Ah, você não sabe?

A força da sua raiva me faz recuar um passo. Lembro a mim mesmo que essa garota pode me matar só com um estalar de dedos, caso queira fazer isso.

— Quero dizer... Eu ouvi sobre o que aconteceu com Warner, sim, mas como acabei de ver vocês se beijando no corredor, bom, fiquei confuso...

— Ele *mentiu* para mim, Kenji. Ele tem mentido para mim esse tempo todo. Sobre tantas coisas. E Castle também. E também *você*...

— Espere, o quê? — desta vez pego seu braço antes que ela tenha a chance de falar de novo. — Espere... Eu não menti para você sobre merda nenhuma. Não me envolva nessa bagunça. Não tive nada a ver com nada disso. Aliás, nem decidi ainda como diabos vou falar com Castle. Não acredito que ele não me contou nada.

Juliette de repente fica quieta. Seus olhos arregalam-se, brilhantes, com lágrimas acumuladas. E, daí, eu entendo. Ela pensou que eu a tivesse traído também.

— Você não fazia parte disso tudo? — ela sussurra. — Junto com Castle?

— Ahn, ahn. Nem perto disso — dou um passo à frente. — Não fazia ideia de nada dessa insanidade até Warner me contar ontem.

Ela me encara, ainda em dúvida.

E não consigo evitar: reviro os olhos.

— Bom, como é que eu vou confiar em você? — ela questiona, sua voz falhando. — Todo mundo mentiu para mim...

— J — digo —, por favor.

Balanço a cabeça com força. Não acredito que vou ter de falar isso. Não acredito que ela duvide de mim, que ela não veio conversar comigo antes.

— Você me conhece — continuo. — Você sabe que não minto. Não faz meu estilo.

Uma única lágrima escapa pela lateral do rosto dela, e ver isso é reconfortante e, ao mesmo tempo, de partir o coração. Essa é a garota que conheço. A amiga que amo. Ela é inteira emoção.

Juliette sussurra:

— Você jura?

— Ei — estendo a mão. — Venha aqui, menina.

Ela ainda parece um pouco cética, mas dá os passos necessários para que eu a abrace, puxando-a contra o meu peito e apertando-a. Ela é tão pequena. Como um passarinho com ossos ocos. Ninguém nunca adivinharia que ela é invencível. Que talvez pudesse derreter a pele do meu rosto se assim quisesse. Eu a aperto um pouco mais, passando a mão em suas costas para reconfortá-la, um gesto familiar, e sinto que ela finalmente está relaxando. Sinto o exato momento em que a tensão sai do seu corpo e ela se entrega ao abraço. Suas lágrimas molham a minha camisa, quentes e implacáveis.

— Você vai ficar bem — sussurro. — Prometo.

— Mentiroso.

Sorrio.

— Bom, há uma chance de 50% de eu estar certo.

— Kenji?

— Hmm?

— Se eu descobrir que você está mentindo para mim sobre qualquer coisa, juro por Deus que vou arrancar os ossos do seu corpo.

Eu quase engasgo na risada repentina, surpresa.

— Hmm, ok.

— Estou falando sério.

— Ahn-há — dou um tapinha sobre o cabelo dela. Bem bagunçado.

— Eu vou.

— Eu sei, princesa. Eu sei.

Ficamos em um silêncio confortável, os dois apegados a ele, e penso no quanto essa relação é importante para mim — no quanto Juliette é importante para mim —, quando, subitamente, ela diz:

— Kenji?

— Hmm?

— Eles vão destruir o Setor 45.

— Quem?

— Todos.

O choque enrijece a minha coluna. Recuo, confuso.

— Todos, quem?

— Todos os outros comandantes supremos — diz Juliette. — Nazeera me contou tudo.

Então, de repente, eu entendo.

Sua nova amizade com Nazeera.

Esse deve ser o segredo que Warner disse que ela estava guardando. Nazeera deve ser a traidora do Restabelecimento. Ou isso, ou está mentindo para todos nós.

A segunda opção é improvável, porém.

Talvez eu esteja sendo bobamente otimista, mas Nazeera praticamente disse isso na outra noite, com seu discurso sobre usar o símbolo da resistência, odiar seu pai e honrar as mulheres que ele humilhou.

Talvez o grande segredo de Nazeera seja que, na verdade, ela está aqui para nos ajudar. Talvez não haja nada a temer. Talvez aquela mulher seja simplesmente *perfeita*.

De repente, estou sorrindo como um idiota.

— Então Nazeera é boazinha, né? Está do nosso lado? Tentando ajudar você?

— Ai, meu Deus, Kenji. Foco, por favor...

— Só estou dizendo... — levanto as mãos e dou um passo para trás. — Aquela menina é uma maravilha, só isso.

Juliette está me olhando como se eu estivesse louco, mas ela ri. Ela funga suavemente e limpa algumas lágrimas esquecidas.

— Pois, então — aceno com a cabeça, encorajando-a a falar. — Qual é o problema? Os detalhes? Quem está vindo? Quando? Como? Etc.?

— Eu não sei — diz Juliette, balançando a cabeça. — Nazeera ainda está tentando descobrir. Ela acha que talvez na próxima semana. Os filhos dos comandantes estão aqui para me vigiar e passar informações para eles, mas eles virão para o simpósio, especificamente, porque os comandantes querem saber como os líderes do outro setor reagirão ao me ver. Nazeera imagina que eles planejarão seus próximos passos com base nisso. Estou achando que temos apenas *dias*.

Meus olhos ficam doloridamente arregalados. Uma questão de *dias* não era o que eu esperava ouvir. Esperava ouvir meses. Semanas, no mínimo.

Isso não é nada bom.

— Ah — digo. — Que merda.

— Sim — Juliette me dirige um olhar atormentado. — Mas, quando decidirem destruir o Setor 45, seu plano também é me levar como prisioneira. O Restabelecimento quer me levar de volta, ao que parece. Seja lá o que isso signifique.

— Levar você de volta? — faço uma careta. — Para quê? Mais testes? Tortura? O que querem de você?

— Não tenho ideia — diz Juliette, balançando a cabeça. — Não tenho pista de quem sejam essas pessoas. Pelo jeito, minha irmã ainda está sendo testada e torturada em algum lugar. Então estou bem certa de que não vão me levar para uma grande reunião de família, sabe?

— Nossa — desvio o olhar. Respiro fundo. — Isso é pra lá de dramático.

— Pois é.

— E, então... O que você vai fazer? — pergunto.

Juliette me observa por um segundo. Seus olhos como que se aproximam.

— Não sei, Kenji. Eles estão vindo matar todos do Setor 45. Acho que não tenho escolha.

Ergo as sobrancelhas.

— O que quer dizer?

— Quero dizer que tenho quase certeza de que terei de matá-los primeiro.

Cinco

Deixo o quarto de Juliette em transe. Não parece certo ser *permitido* que tanta coisa horrível aconteça de uma vez só em um espaço tão curto de tempo. Deve haver uma proteção contra falhas em algum lugar do universo, algo que automaticamente se feche em caso de extrema estupidez humana. Pode ser uma alavanca de emergência. Um botão, até.

Isto é *ridículo*.

Suspiro, sentindo-me enjoado de repente. Acho que teremos que esperar para discutir tudo isso esta noite, após o simpósio, que certamente também será um show de horrores por si só. Não parece haver motivo para participar do simpósio agora, mas Juliette disse que não queria desistir, não a essa altura, então, todos devemos fazer coisas legais e agir como se tudo estivesse normal. Seiscentos líderes do setor reunidos na mesma sala e devemos bancar os despreocupados, agir como se tudo estivesse normal. Eu não entendo. Não é segredo para ninguém que nós, nosso setor, traímos todo o governo, então, não entendo por que nos damos ao trabalho de fingir. Mas Castle diz que manter essa fachada é benéfico para o sistema, sendo assim, temos de prosseguir dessa forma. Abandonar o barco agora seria basicamente como mandar o resto do continente para aquele lugar. Uma declaração de guerra.

Honestamente, o ridículo de tudo isso seria quase engraçado se não achasse que todos nós provavelmente vamos morrer.

Que dia.

Avisto Sonya e Sara no caminho de volta para o meu quarto e aceno com uma saudação rápida, mas Sara agarra meu braço.

— Você viu o Castle? — ela pergunta.

— Estamos tentando falar com ele há uma hora — diz Sonya.

A urgência em suas vozes aumenta abruptamente a onda de medo no meu corpo, e a maneira com que Sara está apertando meu braço não está ajudando. Não é típico delas ficarem ansiosas; desde que eu as conheço, sempre foram gentis e, em geral, bem calmas — em todo tipo de situação.

— O que há de errado? — pergunto. — O que está acontecendo? Há algo que eu possa fazer para ajudar?

Elas balançam a cabeça ao mesmo tempo.

— Nós precisamos falar com o Castle.

— Da última vez que o vi, ele estava lá embaixo, conversando com Warner. Por que vocês não o chamam? Ele está sempre com seu fone de ouvido.

— Nós tentamos — diz Sonya. — Várias vezes.

— Podem pelo menos me dizer do que se trata? Só para eu não ter um ataque cardíaco?

Os olhos de Sara se arregalam.

— Você tem experimentado dores no peito?

— Tem se sentido estranhamente letárgico? — Sonya interrompe.

— Falta de ar? — Sara novamente.

— O quê? Não. Meninas, parem. Quis dizer isso como uma figura de linguagem. Não vou ter um ataque cardíaco. Estou apenas... preocupado.

Sonya me ignora. Ela vasculha a bolsa que carrega em caso de emergência e desenterra um pequeno frasco de remédio. Ela e Sara são gêmeas, e as duas são nossas curadoras — são uma interessante combinação de gentis com extremamente sérias. Elas são médicas perfeitas no que diz respeito ao cuidado com os pacientes e nunca deixam qualquer menção de dor, doença ou ferimento passar ignorada. Uma vez, no Ponto Ômega, eu disse casualmente que estava ficando doente de tanto ficar no subsolo, e as duas me forçaram a ir para a cama e exigiram que eu lhes fornecesse uma lista dos meus sintomas. Quando finalmente consegui explicar que estava brincando — e que "doente" era apenas uma expressão que as pessoas usam às vezes —, elas não acharam nada engraçado. Ficaram bravas comigo por uma semana.

— Leve isso com você, por precaução — diz Sonya, pressionando o potinho azul e cilíndrico na minha mão. — Como você sabe, Sara e eu estamos trabalhando nisso há um tempo, mas esta é a primeira vez que sentimos que pode estar pronto para o uso. Esse — ela aponta com a cabeça para o frasco na minha mão — é um dos lotes de teste, mas não apresentou nenhum problema ainda. Na verdade, achamos que pode estar pronto para produção.

Isso chama a minha atenção.

Fico olhando com admiração para o frasco. É pesado. De vidro.

— É sério — digo suavemente — que vocês fizeram isto?

Olho para cima, para os seus olhos.

Elas sorriem exatamente ao mesmo tempo.

Essas duas têm trabalhado na criação de medicamentos desde sempre. Queriam nos dar algo antes de partirmos — no meio da batalha — para nos manter funcionando mesmo quando não estivessem por perto.

— James trabalhou nisso?

Sonya sorri ainda mais.

— Ele ajudou.

— Jura? — também sorrio. — Como está indo o treinamento dele? Tudo certo?

Elas assentem.

— Estamos indo buscá-lo, na verdade — diz Sara. — Para a sessão da tarde. Ele aprende rápido. Está desenvolvendo seus poderes muito bem.

Quase sem perceber, aprumo-me, estufando o peito como um pavão. Eu não sei que direito tenho de me sentir proprietário daquele garoto, mas estou muito orgulhoso dele. Sei que ele tem um grande futuro pela frente.

— Está ótimo, então — ergo o frasco. — Obrigado por isto. Vou levá-lo comigo porque — agito o potinho — isto aqui é incrível. Mas não se preocupem. De verdade. Não vou ter um ataque cardíaco.

— Que bom — as duas falam.

Sorrio.

— Então querem que eu diga a Castle que estão procurando por ele?

Elas assentem.

— E não vão me falar por que é tão urgente?

Sara e Sonya trocam olhares.

Arqueio uma sobrancelha.

Por fim, Sara diz:

— Lembra-se de quando Juliette foi baleada?

— Faz três dias que ela foi baleada — dirijo um olhar incrédulo para ela. — É improvável que eu tenha esquecido.

Sonya salta e diz:

— Sim, mas o que você não sabe, o que ninguém sabe, exceto Warner e Castle, é que algo aconteceu com Juliette quando ela foi baleada. Algo que não fomos capazes de curar.

— O quê? — falo bruscamente. — O que você quer dizer?

— Havia algum tipo de veneno nas balas — Sara explica. — Algo que estava provocando alucinações.

Fico olhando, horrorizado.

— Temos estudado as propriedades do veneno por dias, tentando encontrar um antídoto — diz ela. — Mas, em vez disso, descobrimos algo… inesperado. Algo ainda mais importante.

Depois de um minuto de silêncio, não aguento mais.

— E? — pergunto, gesticulando com a mão para que prossigam.

— Nós queremos contar-lhe tudo — diz Sonya. — Mas antes temos de falar com Castle. Ele precisa ser o primeiro a saber — hesita. — Só posso adiantar que achamos algo diretamente ligado às tatuagens no cadáver do agressor de Juliette.

— Aquele cara que Nazeera matou — digo, lembrando. — Ela salvou a vida de Juliette.

Elas assentem.

Outro pico de medo me atravessa.

— Tudo bem — concordo, tentando manter minha voz leve, firme. Não quero assustá-las com as minhas preocupações. — Ok. Vou falar para Castle procurá-las imediatamente. Vocês estarão na ala médica?

Elas acenam com a cabeça.

E, então, quando me afasto, Sara me chama.

Eu me viro.

— Diga a ele — ela hesita novamente, aí parece tomar uma decisão. — Diga a ele que é sobre o Setor 241. Diga a ele que acho que é uma mensagem. De Nouria.

— O quê? — fico paralisado, sem acreditar. — Isso é impossível.

— Sim — diz Sara. — Nós sabemos.

Subo as escadas.

Não tenho tempo para esperar pelo elevador e, além disso, meu corpo está cheio demais de energia nervosa para ficar parado. Subo as escadas de dois, três degraus de cada vez, voando com uma mão no corrimão para não perder o equilíbrio.

Não achei que esse dia pudesse ficar mais louco.

Nouria.

Merda.

Não sei como Castle vai reagir ao ouvir o nome dela.

Ele não ouve uma palavra sobre Nouria há anos. Desde... Bem, desde que os meninos foram assassinados. Castle me disse que ele deu espaço a Nouria porque achava que ela precisava de tempo. Ele imaginou que eles se reuniriam de novo depois que ela se recuperasse. Mas, após a instauração dos setores, tornou-se quase impossível entrar em contato com seus entes queridos. A internet foi uma das primeiras coisas que o Restabelecimento tirou e, sem ela, o mundo se tornou — num instante — um lugar maior e mais assustador. Tudo ficou mais difícil. Todos se sentiram desamparados. Eu não acho que as pessoas percebiam o quanto dependiam da internet para literalmente tudo até as luzes se apagarem. Computadores e telefones foram retirados. Destruídos. Hackers foram localizados e enforcados publicamente.

As fronteiras foram fechadas sem autorização.

E, então, o Restabelecimento separou as famílias. De propósito. No começo, fingiam que estavam fazendo isso para o bem da humanidade. Chamavam de uma nova forma de integração. Diziam que as relações raciais estavam piores porque estávamos todos muito isolados uns dos outros e que parte do problema era que as pessoas haviam construído extensas unidades familiares. O Restabelecimento referia-se a grandes famílias como dinastias — e afirmava que essas dinastias apenas reforçavam a homogeneidade dentro de comunidades já homogêneas. A única maneira de consertar isso era destruir aquelas dinastias. Adotavam algoritmos que ajudavam a fabricar a diversidade, reconstruindo comunidades com proporções específicas.

Mas não demorou muito para que parassem de fingir que se importavam com diversidade. Logo, pequenas infrações por si tornaram-se suficientes para arrancar você de sua família. Chegar atrasado ao trabalho um dia podia mandar você — ou, pior, alguém que você ama — para o outro lado do planeta. De tão longe, você nunca seria capaz de encontrar o caminho de volta.

Foi isso o que aconteceu com Brendan. Ele foi arrancado de sua família e enviado para cá, para o Setor 45, quando tinha quinze anos. Castle o encontrou e o acolheu. Lily também. Ela é do que costumava ser o Haiti. Eles a tiraram de seus pais quando ela tinha apenas doze anos e a colocaram um em abrigo com uma tonelada de outras crianças retiradas de suas famílias. Não passavam de orfanatos disfarçados.

Eu fugi de um desses orfanatos quando tinha oito anos.

Às vezes acho que é por isso que me preocupo tanto com James. Eu me sinto conectado a ele, de certa forma. Quando nós estávamos na base juntos, Adam nunca me disse que seu irmão mais novo praticamente morava em um desses orfanatos. Não até aquele dia em que estávamos fugindo — quando James e eu tivemos de nos esconder juntos enquanto Adam e Juliette tentavam encontrar um carro — que eu percebi onde estávamos. Dei uma olhada ao redor, naqueles terrenos, e entendi o que era aquele lugar.

Todas aquelas crianças.

James teve mais sorte do que as outras — não só ele tinha um parente vivo, como tinha um parente que morava perto, alguém que poderia mantê-lo em um apartamento particular.

Mas, quando perguntei a James sobre sua "escola", seus "amigos" e Benny, a mulher que deveria trazer regularmente suas refeições do governo, obtive as respostas de que precisava.

James conseguia dormir em sua própria cama à noite, mas passava seus dias no orfanato, com outras crianças órfãs. Adam pagava a Benny um pouco mais para ficar de olho em James, mas, no final das contas, sua lealdade era para com o cheque que recebia. Enfim, James era um garoto de dez anos que vivia sozinho.

Talvez seja por isso que sinto que entendo Adam. Por que luto por ele, mesmo quando ele age como um imbecil. Ele parece um cara raivoso, explosivo — às vezes um cuzão mesmo —, mas deve ser difícil para ele ver seu irmão caçula viver sozinho em um complexo para crianças abandonadas e torturadas. Isso lentamente vai matando sua alma, assistir a uma criança de dez anos soluçar e gritar no meio da noite por causa de seus pesadelos cada vez piores e, não importa o que você faça, ver que não dá para melhorar a situação.

Morei com Adam e James por meses. Via o ciclo toda noite. E assistia, todas as noites, às tentativas de Adam acalmar James. Como ele embalava seu irmão caçula nos braços até o sol nascer. Acho que James está finalmente melhor, mas, às vezes, não tenho certeza se Adam vai se recuperar dos golpes que recebeu. É óbvio que ele sofre de estresse pós-traumático. Acho que já nem dorme mais. Acho que está perdendo lentamente a consciência.

E, às vezes, pergunto-me...

Se tivesse que conviver com isso todos os dias, será que eu também não enlouqueceria? Porque não é a dor que é insuportável. É a desesperança. É a desesperança que torna você imprudente.

Eu sei disso.

Levou apenas duas horas no orfanato para eu perceber que não podia mais confiar em adultos, e, na época, Castle me encontrou fugindo — uma criança de nove anos tentando manter-se aquecida em um carrinho de compras na beira da estrada. Fiquei tão desiludido com o mundo que pensei que nunca fosse me recuperar. Mas não demorou muito para que Castle ganhasse minha completa confiança; no início, passava todo meu tempo livre espiando portas trancadas e me esgueirando pelas coisas dele quando pensava que ele não estava procurando. No dia em que ele me encontrou, sentado em seu armário, inspecionando o conteúdo de um álbum antigo de fotos, tive tanta certeza de que ele me daria uma paulada nas costas que quase sujei as minhas calças. Fiquei apavorado, inconscientemente entrando e saindo da invisibilidade. Mas, em vez de gritar comigo, ele se sentou ao meu lado e perguntou sobre a minha família; eu só tinha dito que eles estavam mortos. Ele queria saber se eu contaria o que aconteceu. Balancei a cabeça repetidamente. Não estava pronto para falar. Achei que nunca estaria pronto para falar.

Castle não ficou bravo.

Nem parecia se importar que eu tivesse mexido nas suas coisas. Em vez disso, pegou o álbum de fotos do meu colo e me contou sobre sua própria família.

Foi a primeira vez que o vi chorar.

Seis

Quando finalmente encontro Castle, ele não está sozinho. E não está bem.

Nazeera, Haider, Warner e Castle estão saindo da sala de conferências ao mesmo tempo, e apenas os irmãos não estão com cara de quem está prestes a vomitar.

Ainda estou respirando com força, tendo acabado de voar por seis lances de escada, e pareço estar sem fôlego quando pergunto:

— O que está acontecendo? — aceno com a cabeça para Warner e Castle. — Por que estão tão apavorados?

— Falamos sobre isso depois — Castle responde baixinho, sem olhar para mim.

— Eu preciso ir — diz Warner antes de sair em disparada pelo corredor, depois para bem longe.

Assisto à sua partida.

Castle está prestes a escapar também, mas agarro seu braço.

— Ei — forço-o a me olhar. — As meninas precisam falar com você. É grave.

— Sim — ele diz, mas parece exausto. — Acabei de ver todas as suas mensagens. Acho que pode esperar até depois do simpósio. Eu preciso de um minuto para...

— Não dá para esperar — eu o encaro. — É *grave.*

Por fim, Castle parece se dar conta da seriedade do que estou acabando de comunicar. Seus ombros enrijecem. Seus olhos se estreitam.

— Nouria — digo.

E Castle parece tão perplexo que eu me preocupo que ele possa cair.

— Eu não traria uma mensagem falsa, senhor. Vá. Agora. Estão esperando na ala médica.

E, com isso, ele também sai em disparada.

— Quem é Nouria?

Eu me viro e vejo Haider me olhando com curiosidade.

— O gato dele — digo.

Nazeera luta contra um sorriso.

— Castle recebeu um chamado urgente do gato dele?

— Eu não sabia que ele tinha um gato — Haider diz, suas sobrancelhas franzidas. Ele tem um pouco de sotaque, diferentemente de Nazeera, mas seu inglês é impecável. — Não vi nenhum animal na base. É permitido ter animais de estimação no Setor 45?

— Não. Mas não se preocupe, é um gato invisível.

Nazeera tenta reprimir a risada, mas fracassa. Ela tosse com força. Haider olha para ela, confuso, e observo o momento em que ele se dá conta de que estou tirando uma com a cara dele. E, daí…

— *Hemar.*

— Quê?

— Ele acabou de te chamar de cuzão — Nazeera explica.

— Opa. Que legal.

— *Hatha shlon damaghsiz* — Haider diz à irmã. — Vamos.

— Ok… Esperem… *Isso,* sim, soou como um elogio.

— Não — Nazeera abre um sorriso ainda maior. — Ele acabou de dizer que você é um idiota.

— Legal. Bom, estou feliz de estar aprendendo todas essas palavras importantes em árabe.

Haider balança a cabeça, revoltado.

— Não era para ser uma aula.

Olho para ele por um momento, genuinamente pasmo.

— Seu irmão não tem nenhum senso de humor, né? — digo a Nazeera.

— Ele não é tão bom com sutilezas — ela diz, ainda sorrindo para mim. — Você tem que bater com a piada na cabeça dele, senão ele não entende.

Coloco uma mão sobre o coração.

— Uau. Desculpa aí, então. Deve ser difícil para você.

Ela ri, mas logo morde o lábio para abafar o som. E parece séria quando diz:

— Você não faz ideia.

Haider faz uma careta.

— Do que vocês estão falando?

— Está vendo? — ela retruca.

Eu rio, olhando-a nos olhos por um momento um pouco longo demais. Haider me dirige um olhar mortal.

Percebo que é a minha deixa para ir embora.

— É, tudo bem — falo, respirando rápido. — É melhor eu ir. O simpósio já vai começar — olho para o relógio no meu pulso; meus olhos se arregalam — em meia-hora. Merda — olho para cima. — Tchau.

Isso aqui é um *espetáculo*.

Há cerca de seiscentos comandantes e regentes — oficiais no mesmo nível de Warner — na plateia, e o lugar está zumbindo. As pessoas ainda estão se acomodando, tomando seus assentos, e Juliette está no pódio. Nosso grupo está parado atrás dela, no palco, e não vou mentir — parece um pouco arriscado. Somos alvos perfeitos para qualquer psicopata que pode aparecer com uma arma. Tomamos precauções, claro, não dando permissão a ninguém para entrar com qualquer tipo de arma, mas isso não significa que não possa acontecer. Todos concordamos, porém, em ficarmos unidos, a mensagem transmitida ficaria forte. As meninas permaneceram na base — decidimos que seria melhor que elas ficassem seguras por tempo suficiente para nos salvar caso nos feríssemos. E James e Adam não compareceram. Castle disse que Adam não quer participar de nada mesmo que remotamente hostil, a menos que fosse necessário.

Entendo.

Em meus momentos menos caridosos, poderia chamá-lo de covarde, mas entendo. Eu também optaria por ficar de fora, se pudesse. Mas não sinto que posso.

Ainda há muitas coisas pelas quais estou disposto a morrer.

De toda forma… Juliette é praticamente invencível; desde que ela mantenha sua energia ligada, provavelmente vai ficar bem. O resto de nós é vulnerável, mas, ao primeiro sinal de perigo, devemos nos espalhar. Estamos em número muito menor, não conseguiríamos enfrentar a multidão; nossa melhor chance de sobrevivência é nos espalharmos, cada um para um canto.

Esse é o plano.

A porcaria do plano.

Quase não tivemos tempo para planejar nada, porque tudo tem estado tão louco ultimamente, mas Castle conversou rapidamente com todos nós para nos motivar, logo antes de J subir ao palco. E só. É só isso que teríamos. Um rápido *boa sorte* e um *espero que você não morra*.

Estou definitivamente nervoso.

Mudo meu peso de uma perna para outra, sentindo-me repentinamente inquieto enquanto a multidão permanece imóvel. Um mar de rostos militares, as icônicas listras vermelhas/verdes/azuis do Restabelecimento estampadas em cada uniforme. Sei que não passam de pessoas normais — sangue e tripas e ossos —, mas se parecem com máquinas. Viram suas cabeças erguidas todas ao mesmo tempo, olhos piscando em uníssono quando Juliette começa a falar.

É arrepiante.

Sempre soubemos que ninguém de fora do Setor 45 aceitaria de boa vontade Juliette como sua nova comandante suprema, mas é assustador testemunhar isso pessoalmente. Eles claramente não têm respeito por Juliette e, enquanto ela fala sobre seu amor pelas pessoas, homens e mulheres trabalhadores cujas vidas foram devastadas, posso vê-los se esforçando para conter sua raiva. Há uma razão pela qual tantos ainda são leais ao Restabelecimento — e a prova disso está bem aqui, nesta sala. Essas pessoas são mais bem pagas. Recebem vantagens, privilégios. Nunca teria acreditado se não tivesse visto com meus próprios olhos, mas, uma vez que se vê o que as pessoas estão dispostas a fazer por uma tigela extra de arroz, não tem como esquecer. O Restabelecimento mantém seus comandantes felizes. Eles não têm por que se misturarem com as massas. Conseguem manter suas roupas elegantes e morar em casas de verdade em território não regulamentado.

Esses homens e mulheres que estão zombando de Juliette não querem a versão dela do mundo. Não querem perder sua posição e os privilégios que advêm dela. Nem tudo o que ela está dizendo sobre as falhas do Restabelecimento, sobre a necessidade de começar de novo e de devolver às pessoas suas casas, suas famílias, suas *vozes*...

Suas palavras são uma ameaça ao padrão de vida deles.

Portanto, não é nenhuma surpresa para mim quando a multidão decide que já basta. Eu sinto a inquietação crescendo descontroladamente enquanto ela fala e, quando alguém de repente se levanta e grita com ela — *tirando sarro abertamente* —, começo a pensar que isso não vai acabar bem. Juliette mantém a calma, continua falando enquanto mais deles se põem de pé e gritam. Eles estão chacoalhando seus punhos e exigindo que ela seja removida do palco, que ela seja executada por traição, que seja presa, no mínimo, por falar contra o Restabelecimento dessa forma, e a voz dela já não consegue ser ouvida acima da balbúrdia geral.

E, então, ela começa a gritar.

O que não é nada bom. Na verdade, é muito, muito ruim, e meus instintos estão me mandando entrar em pânico, porque isso só vai acabar com derramamento de sangue. Estou tentando olhar em volta e ainda manter a calma, mas, quando Warner chama minha atenção, sei, imediatamente, que ele entende o que está acontecendo.

Ambos estamos pensando a mesma coisa:

Abortar a missão.

Dar o fora daqui o mais rápido possível.

Mas, aí...

— Foi uma emboscada. Diga à sua equipe para correr. Agora.

Giro em um movimento exagerado, tão desesperado que quase perco o equilíbrio. Estou ouvindo Nazeera. Estou ouvindo *Nazeera*. Tenho certeza de que estou ouvindo a voz dela. O problema é que não a vejo em lugar nenhum.

Estou morrendo? Eu devo estar morrendo.

— *Kenji*. Escute-me.

Fico paralisado.

Posso sentir o calor de seu corpo subindo contra o meu. Posso sentir sua boca no meu ouvido, o sussurro gentil de sua respiração contra a minha pele. Jesus. Eu sei como isso funciona. Eu *inventei* essa merda.

— Você está invisível — digo, tão baixinho que mal movo os lábios.

Sinto as cócegas de seu cabelo no meu pescoço quando ela se inclina mais perto e tenho que suprimir o arrepio. É tão estranho. Tão estranho sentir tantas emoções ao mesmo tempo. Terror, medo, preocupação, desejo. Que confusão. E a mão dela está no meu braço quando diz:

— Eu achava que iria explicar depois. Mas agora você já sabe. E agora você tem que correr.

Merda.

Eu me viro para Ian, que está parado à minha esquerda, e falo:

— Hora de cair fora, mano. Vamos.

Ian olha para mim, seus olhos se arregalando por uma fração de segundo, e, então, ele agarra a mão de Lily e grita:

— Corra… CORRA!

O som de um tiro racha ao meio um momento de silêncio.

Parece câmera lenta. Parece que o mundo está desacelerando, virando de lado e girando de volta. De alguma forma, acho que consigo ver a bala enquanto ela se move, rápida e forte, em direção à cabeça de Juliette.

Atinge seu alvo com um baque surdo.

Mal estou respirando. Não estou fingindo que não estou apavorado.

A coisa toda ganhou rapidamente um hiper-realismo, e não tenho ideia do que vai acontecer. Sei que preciso me mover, preciso dar o fora daqui antes que as coisas piorem, mas... Não sei por que, não consigo convencer minhas pernas a funcionarem. Não consigo me convencer a desviar o olhar.

Ninguém consegue.

A multidão está mortalmente parada. As pessoas estão olhando para Juliette como se não acreditassem nos rumores. Como se quisessem saber se era mesmo verdade que essa menina de dezessete anos poderia matar o mais intimidador dos déspotas que esta nação já conheceu e, então, permanecer na frente de uma multidão e arrancar uma bala de sua testa após uma tentativa de assassinato, fazendo a experiência parecer não mais irritante do que matar uma mosca.

Suponho que agora tenham concluído que os rumores eram verdadeiros.

Mas Juliette parece, agora, mais do que irritada. Aparenta surpresa e furiosa ao olhar para a bala destruída na palma da mão. Desse ponto de vista, parece uma moeda entortada. E, então, enojada, ela a joga no chão. O som do metal batendo no piso é delicado. Elegante.

E, então...

É isso. Todo mundo enlouquece.

As pessoas perdem a cabeça. A multidão levanta-se, rugindo ameaças e obscenidades, e saca suas armas, e eu fico pensando:

De onde diabos tiraram isso? Como tantas conseguiram passar? Quem é o informante?

Mais tiros cortam o ar.

Xingo, em voz alta, e me movo para derrubar Castle no chão — e, aí, escuto. Escuto antes de ver. O suspiro de surpresa. O baque pesado. As reverberações do palco sob os meus pés.

Brendan está no chão.

Winston está soluçando. Desesperadamente, empurro meus companheiros de equipe, caindo de joelhos para avaliar o ferimento. Brendan levou um tiro no ombro. O alívio afunda meu corpo. Ele ficará bem.

Atiro o frasco de vidro de comprimidos para Winston e digo a ele para fazer Brendan engolir alguns, para aplicar pressão sobre a ferida e lembrar Brendan de que ficará tudo bem, só precisamos levá-lo até Sonya e Sara... E, então, lembro.

Lembro.

Conheço essa garota.

Olho para cima em pânico e grito:

— Juliette, NÃO...

Mas ela já perdeu o controle.

Sete

Ela está gritando.

Ela só está gritando palavras, penso. São apenas palavras. Mas ela está gritando, gritando a plenos pulmões, com uma agonia que parece quase um exagero, e está causando uma devastação que eu nunca soube ser possível. É como se ela tivesse simplesmente... implodido.

Não parece real.

Quero dizer, eu sabia que Juliette era forte — e sabia que ainda não tínhamos descoberto o alcance de seus poderes —, mas nunca imaginei que ela fosse capaz disso.

Disto:

O teto está se dividindo no meio. Correntes sísmicas estão ribombando pelas paredes, através do chão, tiritando meus dentes. A terra treme debaixo dos meus pés. Pessoas estão congeladas no lugar, tremendo, e o salão vibrando ao redor delas. Os lustres oscilam com força demais e as luzes bruxuleiam agourentas. E então, com uma última vibração, três dos gigantescos lustres desprendem-se do teto e se estilhaçam no chão.

Cristal voa para todo lado. A sala perde metade de sua luz, banhando o espaço cavernoso em um brilho bizarro, e de repente é difícil enxergar o que está acontecendo. Olho para Juliette e a vejo fitar tudo aquilo, boquiaberta, congelada diante da devastação, e percebo que ela deve ter parado de gritar um minuto atrás. Ela não consegue deter nada disso. Ela já colocou a energia no mundo, e agora...

A energia tem de ir para algum lugar.

Os tremores se propagam com fervor renovado pelas tábuas do assoalho, subindo pelas paredes e assentos e pessoas.

Não acredito até que vejo o sangue. Parece falso, por um segundo, todos os corpos caídos nas cadeiras com o peito aberto como as asas de uma borboleta. Parece ensaiado — como uma piada de mau gosto, como uma produção de teatro amador, mas, quando vejo o sangue, grosso e pesado, vazando pelas roupas e pelos estofados, pingando de mãos congeladas, sei que nunca vou me recuperar disso.

Juliette acabou de assassinar seiscentas pessoas de uma só vez.

Não existe recuperação para isso.

Oito

Aos empurrões, percorro os espaços entre os corpos — silenciosos, petrificados, ainda respirando — dos meus amigos. Ouço as lamúrias suaves e insistentes de Winston e a resposta constante e encorajadora de Brendan dizendo que o ferimento não é tão feio quanto aparenta, que ele vai ficar bem, que ele já passou por cousa pior e sobreviveu...

E sei que minha prioridade agora precisa ser Juliette.

Quando a alcanço, pego-a em meus braços, e seu corpo frio e passivo me lembra daquela vez em que a encontrei parada sobre Anderson, uma arma apontada para o peito dele. Ela estava tão apavorada — tão surpresa — pelo que havia feito que mal conseguia falar. Ela parecia ter desaparecido dentro de si mesma em algum lugar — como se tivesse encontrado um pequeno compartimento em seu cérebro e se trancado dentro dele. Levei um minuto para convencê-la a sair.

Ela nem sequer havia matado ninguém daquela vez.

Tento alertá-la, fazê-la recuperar o juízo, implorando agora que volte a si, que retorne às pressas para a própria mente, para o momento presente.

— Sei que tudo está uma loucura agora, mas preciso que você saia desse estado, J. Acorde. Saia da sua cabeça. Temos que dar o fora daqui.

Ela não pisca.

— Princesa, por favor — digo, sacudindo-a um pouco. — Temos que ir... agora...

Ela ainda não se mexe. Chego à conclusão de que não tenho escolha a não ser levá-la eu mesmo. Começo arrastando-a para trás. Seu corpo inerte é mais pesado do que eu esperava, é ela emite um pequeno ruído ofegante que é quase um choramingo. O medo incendeia meus nervos. Faço um sinal afirmativo com a cabeça para Castle e os outros para seguirem, para irem em frente sem mim, mas, quando olho em volta, procurando Warner, percebo que não consigo encontrá-lo em lugar nenhum.

O que acontece em seguida arrebata o ar dos meus pulmões.

O salão tomba. Minha visão escurece, clareia e então escurece só nos cantos em um momento de vertigem que mal dura um segundo inteiro. Sinto-me fora do prumo. Tropeço.

E então, de uma só vez...

Juliette se foi.

Não figurativamente. Ela literalmente se foi. Desapareceu. Um segundo e ela está nos meus braços, no seguinte, estou agarrando o ar. Pisco e giro no lugar, convencido de que estou enlouquecendo, mas, quando observo a sala, vejo o público começar a se contorcer. As camisas estão rasgadas e os rostos, arranhados, mas ninguém parece morto. Em vez disso, começam a se levantar, confusos, e, assim que começam a andar arrastando os pés, alguém esbarra em mim com força. Levanto o olhar e vejo Ian, me xingando, me dizendo para me mexer enquanto ainda temos uma chance, e tento empurrá-lo, tento dizer que perdemos Juliette — que não vi Warner —, e ele não me ouve. Apenas me força a seguir, a descer do palco, e, quando o murmúrio da plateia se torna um grito, sei que não tenho escolha.

Tenho que ir.

TANTA COISA A PERDER

REVELA-ME

Um

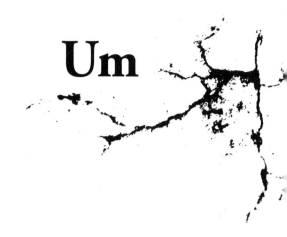

Perdi o apetite.

Não me lembro de ter perdido o apetite antes.

Estou olhando para uma fatia de bolo com uma cara ótima e, por alguma razão, não consigo comer. Estou enjoado.

Continuo batendo no bolo com as pontas do garfo, cada vez com um pouco mais de força, e agora ele já está meio derrubado, com a cobertura espalhada. Mutilado. Não tive a intenção de deformar um inocente pedaço de bolo — é absolutamente criminoso desperdiçar comida, ainda mais bolo — mas o movimento leve e repetitivo, vencendo a pouca resistência da massa de baunilha, tem algo de calmante.

Tiro a outra mão do rosto devagar.

Já tive dias piores. Perdas maiores. Noites péssimas. Mas, não sei como, aquilo estava parecendo um novo tipo de inferno.

A tensão se acumula nos meus ombros, gerando uma dor surda e latejante que se ramifica pelas minhas costas. Tento respirar, tento alongar os músculos para tirar o estresse, mas nada ajuda. Não sei quanto tempo faz que estou sentado aqui, curvado sobre uma fatia de bolo inacabada. Horas, talvez.

Dou uma olhada ao redor da sala de jantar meio vazia. Sala? Tenda?

Definitivamente, uma tenda.

Olho para as vigas de madeira caiadas de branco que sustentam o teto. Talvez adjacentes à tenda. Há uma tela cor de creme envolvendo tudo do lado de fora, mas é óbvio, para quem está no interior, que este é um edifício sólido, independente. Não sei por que constroem tendas. Espero que sirvam a algum propósito prático, porque parecem bem bestas. Há poucas outras coisas. As mesas são montadas com lajes inacabadas de madeira desgastada pelo tempo. As cadeiras são simples. Mais madeira. Muito básico. Bonito, no entanto; tudo é bonito. Este lugar parece mais novo, mais limpo e mais claro do que qualquer coisa no Ponto Ômega. É como um acampamento chique.

O Santuário.

Apunhalo o bolo novamente. Está muito tarde — bem depois da meia-noite —, e as razões para estar aqui estão diminuindo a cada minuto. Quase todo mundo está se movimentando, cadeiras raspando, pés arrastando, portas abrindo e fechando. Warner e Juliette (Ella? Ainda parece estranho) estão aqui em algum lugar, mas provavelmente é porque ela está tentando forçá-lo a comer seu próprio bolo de aniversário. Ou talvez ele esteja comendo voluntariamente. Tanto faz. Quando estou com pena de mim mesmo, eu o odeio mais ainda.

Fecho os olhos com força. Estou tão cansado.

Sei que deveria sair, dormir um pouco, mas não consigo me obrigar a abandonar o calor desta sala pelo frio e pela solidão da minha tenda. Está tão claro aqui. É óbvio que Nouria — filha de Castle e chefe desta resistência — gosta de luz. É a especialidade dela. Seu superpoder. Mas também está em toda parte. Luzinhas penduradas no teto. Lamparinas nas paredes e portas. Há uma enorme lareira de pedra em uma parede, mas está cheia de luz quente, não de fogo. Dá uma sensação aconchegante.

Além disso, o cheiro de bolo está no ar.

Durante anos, tudo o que fiz foi reclamar de ter que compartilhar minha privacidade com outras pessoas, mas, agora que tenho um lugar para mim — uma casinha independente inteiramente só minha —, não quero mais. Sinto falta das áreas comuns do Ponto Ômega e do Setor 45. Gostava de ver amigos quando abria a minha porta. Gostava de ouvir suas vozes bobas e sem consideração quando eu estava tentando dormir.

Então.

Ainda estou aqui.

Ainda não estou pronto para ficar sozinho.

Em vez disso, fico sentado aqui a noite toda observando as pessoas se juntarem aos pares e desaparecerem. Lily e Ian. Brendan e Winston. Sonya e Sara. Nouria e sua esposa, Sam. Castle indo logo atrás.

Todo mundo sorrindo.

Parecem esperançosos. Aliviados. Comemorando a sobrevivência e os raros momentos de beleza em meio ao derramamento de sangue. Eu, por outro lado, quero gritar.

Deixo cair o garfo, cobrindo meus olhos com a base da mão. Minha irritação vem crescendo há horas e está finalmente chegando ao pico. Sinto isso, sinto-a fechando suas garras em torno do meu pescoço.

Raiva.

Por que sou o único que está com medo agora? Por que sou o único com essa ponta de nervosismo no estômago? Por que sou o único a fazer a mesma pergunta repetidamente:

Onde diabos estão Adam e James?

Quando finalmente chegamos ao Santuário, fomos recebidos com celebração, alegria e entusiasmo. Todo mundo estava agindo

TAHEREH MAFI

como se fosse uma grande reunião de família, como se houvesse esperança para o futuro, como se fôssemos ficar todos bem...

Ninguém parecia se importar com o desaparecimento de Adam e James.

Eu era o único contando as cabeças. Era o único olhando ao redor, observando os olhos de rostos desconhecidos, espiando pelos cantos e fazendo perguntas. Era o único, aparentemente, que não achava normal a falta de dois companheiros de equipe.

— Ele não queria vir, cara. Você já sabe disso.

Isso.

Essa foi a explicação idiota que Ian tentou me dar.

— Kent falou que não partiria mais — disse Ian. — Ele literalmente nos disse para fazer planos sem ele, e você estava sentado com a gente quando ele falou isso — Ian estreitou os olhos para mim. — Não minta para si mesmo. Adam queria ficar para trás com James e tentar conseguir imunidade. Você o ouviu. Deixe isso pra lá.

Mas não consegui.

Continuei insistindo que parecia haver algo errado com a situação. A maneira como tudo tinha se passado parece errada. *Algo não está certo*, continuei me dizendo, e Castle me falando gentilmente, como se estivesse se dirigindo a uma pessoa louca, que Adam é o tutor de James, que isso não é da minha conta, que não importa o quanto eu ame James, que não posso tomar decisões sobre sua vida.

O que ninguém parece lembrar é que Adam lançou aquela ideia idiota de ficar para trás e tentar a imunidade *antes* de sabermos que Anderson ainda estava vivo. *Antes* de ouvirmos Delalieu dizer que Anderson tinha feito planos secretos para Adam e James. Isso foi *antes* de Anderson aparecer e assassinar Delalieu e todos nós sermos jogados no hospício.

84

Algo está errado.

Não acredito nem por um segundo que Adam teria desejado ficar no Setor 45 e arriscar a vida de James se soubesse que Anderson estaria lá. Adam pode ser um idiota às vezes, mas ele passou a vida inteira tentando proteger aquele filho de dez anos de seu pai. Ele preferiria morrer a colocar James perto de Anderson, especialmente depois de ouvir sobre os planos nebulosos dele para os dois. Adam não faria isso; ele não se arriscaria a esse ponto. Disso eu sei. Sei disso do fundo da minha *alma*.

Mas ninguém queria ouvir.

— Vamos, cara — Winston disse com cuidado. — James não é responsabilidade sua. Aconteça o que acontecer com ele, não é culpa sua. Temos que seguir em frente.

Era como se eu estivesse falando uma língua estrangeira. Gritando com a parede. Todos pensavam que eu estava exagerando. Sendo emotivo demais. Ninguém queria ouvir sobre os meus medos.

Por fim, Castle parou de responder às minhas perguntas.

Em vez disso, começou a suspirar muito, como fazia quando eu tinha doze anos de idade e ele me pegava tentando esconder cãezinhos vira-latas no meu quarto. Nesta noite, ele me lançou um olhar antes de sair — um olhar dizendo claramente que sentia pena de mim —, e eu não sei o que diabos devo fazer com isso.

Até Brendan, o gentil e compassivo Brendan, balançou a cabeça e disse:

— Adam tomou sua decisão. Perdê-los é difícil para todos nós, Kenji, mas você tem que superar isso.

Foda-se.

Não vou superar nada.

Não vou deixar nada pra lá.

Olho para cima, localizando os restos do maciço bolo de aniversário. Está desprotegido sobre uma mesa no centro da sala, e sou atingido por uma necessidade repentina de dar um soco nele. Meus dedos flexionam em torno do garfo, um impulso inconsciente que não me preocupo em refrear.

Não estou chateado por estarmos comemorando o aniversário de Warner. Honestamente, não estou. É legal, eu sei, já que o cara nunca teve um aniversário antes. Mas não estou a fim de celebrar nada neste momento. Agora, só quero dar um soco naquela merda daquele bolo e atirá-lo contra a parede. Quero pegar a massa, atirar na parede e…

Um calor elétrico sobe pela minha espinha e enrijece meu corpo, mesmo enquanto observo, como se estivesse a quilômetros de distância, uma mão pousando sobre o meu punho. Eu a sinto puxando, tentando tirar o garfo da minha mão. E, depois, uma risada.

De repente, sinto-me mais enjoado.

— Você está bem? — ela diz. — Você estava segurando isso como se fosse uma arma.

Ela parece estar sorrindo, mas eu não saberia. Ainda estou olhando para o espaço, minha visão se estreitando para o nada. Nazeera conseguiu tirar o garfo da minha mão e agora estou apenas sentado aqui, meus dedos abertos e congelados, ainda procurando algo.

Eu a sinto se sentar ao meu lado.

Mesmo daqui, posso sentir seu calor, sua presença. Fecho os olhos. Nós não conversamos de fato até agora, ela e eu. Não sobre nós, de qualquer forma. Não sobre o quão forte meu coração bate quando ela está por perto e definitivamente não sobre como ela inspirava todos os devaneios inadequados que infestavam a minha mente. Na verdade, desde aquela breve cena no meu quarto, não conversamos sobre nada que não fosse estritamente profissional, e não tenho certeza de por que faríamos isso. Para quê?

Beijá-la foi estúpido.

Sou um idiota, Nazeera provavelmente é maluca, e, seja lá o que tiver acontecido entre nós, foi um grande erro. Ela continua mexendo com a minha cabeça, confundindo minhas emoções, e eu continuo tentando me controlar, tentando me convencer a entender a lógica, mas, por algum motivo, meu corpo não entende. A forma como minha biologia reage à sua mera *presença* faz parecer que estou tendo um derrame.

Ou um aneurisma.

— Ei — sua voz está séria agora, o sorriso desaparece. — O que é que há de errado?

Balanço a cabeça.

— Não abane a cabeça para mim — ela ri. — Você assassinou o seu bolo, Kenji. Algo só pode estar errado.

Ao ouvir isso, viro um centímetro. Olho para ela de canto de olho.

Em resposta, ela revira os olhos.

— Ah, por favor — ela diz, enfiando meu garfo, o *meu* garfo, no bolo desmoronado. — Todo mundo sabe que você adora comida. Está sempre comendo. Você raramente para de comer por tempo suficiente para falar.

Pisco para ela.

Ela raspa um pouco de glacê do prato e levanta o garfo, como um pirulito, antes de colocá-lo na boca. E só depois de ela lamber todo o glacê, falo:

— Esse garfo esteve na minha boca.

Ela hesita. Encara o bolo.

— Pensei que você não estivesse comendo isso.

— Não estou comendo *mais* — digo. — Mas comi alguns pedacinhos.

E há algo sobre a maneira como ela se endireita, algo sobre como ela fica envergonhada ao dizer:

— É claro que você comeu — e abaixa o garfo, o que parece relaxar a minha espinha.

A reação dela é tão juvenil — como se nós nunca tivéssemos nos beijado, como se já não soubéssemos como é provar as mesmas coisas ao mesmo tempo — que não consigo me conter. Começo a rir.

Um momento depois, ela está rindo também.

E, de repente, sinto-me quase humano de novo.

Suspiro, perdendo um pouco da tensão em meus ombros. Coloco os cotovelos sobre a mesa de madeira e deixo minha cabeça cair sobre as mãos.

— Ei — ela diz baixinho. — Você pode falar comigo, sabe.

Sua voz está próxima. Calorosa. Respiro fundo.

— Falar o quê?

— O que há de errado.

Eu rio de novo, mas desta vez o som é amargo. Nazeera é a última pessoa com quem quero falar. Deve ser algum tipo de piada cruel que, de todas as pessoas que conheço, seja ela quem esteja fingindo se importar.

Suspiro enquanto endireito as costas, fazendo uma careta em direção ao horizonte.

Em menos de um segundo, avisto Juliette do outro lado da sala — longos cabelos castanhos e um sorriso elétrico. Agora minha melhor amiga tem olhos apenas para o namorado, e estou irritado e, ao mesmo tempo, resignado com o fato. Não posso culpá-la por reivindicar um pouco de alegria esta noite; sei que ela já passou por um inferno.

Mas, neste momento, eu também preciso dela.

Foi uma noite difícil e eu queria já ter conversado com ela antes para perguntar o que ela pensa sobre a situação de Adam e James, mas só cheguei à metade do caminho para o seu quarto quando Castle me puxou de volta. Ele me fez prometer que a deixaria em paz esta noite. Disse que era importante para J ter um tempo a sós com Warner. Ele queria que eles tivessem alguns momentos de paz — uma noite ininterrupta para se recuperarem de tudo por que passaram. Revirei os olhos com tanta força que eles quase caíram da minha cabeça.

Ninguém nunca *me* deu uma noite ininterrupta para me recuperar de toda a merda por que passei. Ninguém realmente se importa com o meu estado emocional; ninguém além de J, para ser honesto. Continuo olhando para ela, meus olhos queimando buracos em suas costas. Quero que ela se vire para mim. Sei que, se me vir, ela saberá que há algo errado e virá aqui. Sei que sim. Mas a verdade é que não se trata apenas de Castle me impedindo de arruinar a noite dela; depois de tudo pelo que eles passaram, ela e Warner realmente merecem um reencontro digno. Eu também acho que, se eu tentar afastá-la de Warner, é capaz de ele tentar me matar de verdade.

Mas às vezes eu me pergunto...

E quanto a mim?

Por que meus sentimentos não importam? Outras pessoas experimentam uma gama completa de emoções sem julgamento, mas eu não posso ser nada além de feliz, sob o risco de deixar a maioria das pessoas desconfortável. Todo mundo está acostumado a me ver sorrindo como um pateta. Sou o cara divertido, o cara tranquilo. Sou aquele com que todos podem contar para dar uma boa risada. Quando estou triste ou chateado, não sabem o que fazer comigo. Tentei me aproximar de Castle e Winston, até mesmo de Ian, mas nunca tive com ninguém a química que tive com J. Castle sempre tentava o seu melhor, mas ele não gosta de reclamações.

Ele me dá trinta segundos para me queixar antes de responder com um discurso motivacional, incentivando-me a ser forte. Ian, por sua vez, reage mal quando conto coisas demais a ele. Tenta mostrar empatia, mas depois desaparece na primeira chance que tem. Winston escuta. Ele é um bom ouvinte, pelo menos. Mas, então, em vez de responder ao que acabei de dizer, fala sobre todas as coisas com as quais ele tem lidado e, embora eu entenda que ele precisa desabafar também, no fim acabo me sentindo dez vezes pior.

Mas com Juliette...

Ella?

Com ela é diferente. Eu nem mesmo percebia o que faltava na minha vida antes de nos conhecermos. Ela me deixa falar. Ela não me apressa. Ela não fala para eu me acalmar, não vem com frases prontas nem fica me dizendo que tudo ficará bem. Quando estou tentando desafogar meu peito, não transforma a conversa em algo sobre ela nem foca nos próprios problemas. Ela entende. Sei que sim. Ela não tem que dizer uma palavra. Posso olhar em seus olhos e saber que ela entendeu. Ela se importa comigo de uma forma como ninguém mais se importou. É a mesma coisa que a torna uma grande líder: genuinamente se preocupa com as pessoas. Ela se preocupa com suas vidas.

— Kenji?

Nazeera está tocando minha mão novamente, mas desta vez eu a empurro para longe, sacudindo desajeitadamente em meu assento. E, quando finalmente olho em seus olhos, fico surpreso.

Ela parece genuinamente preocupada.

— Kenji — diz novamente. — Você está me assustando.

Dois

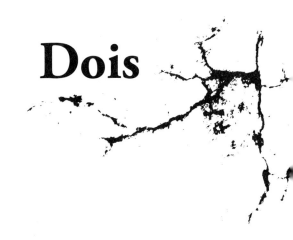

Fico em pé balançando a cabeça, dando o meu melhor para parecer despreocupado.

— Não é nada — digo, mas ainda estou olhando para o quarto.

J está rindo de algo que o galãzinho acabou de dizer para ela, daí ele sorri de volta, e ela sorri de volta de novo, e ela ainda está sorrindo quando ele se inclina e sussurra algo em seu ouvido, e eu assisto, ao vivo e em cores, ao seu rosto. Então, ele a toca, ele a beija aqui, na frente de todo mundo, e...

Eu me afasto bruscamente.

Eu, definitivamente, não deveria ver isso.

Tecnicamente, eles não estão *na frente de todo mundo*. Não há *todo mundo*. Há umas cinco pessoas aqui. E J e Warner estão o mais longe possível dos outros, aninhados num canto da sala. Tenho quase certeza de que acabei de violar a privacidade deles.

Sim, definitivamente, é hora de eu ir para a cama.

— Você é apaixonado por ela, não é?

Isso me acorda.

Eu me viro. Nazeera está olhando para mim como se fosse um gênio, como se finalmente tivesse descoberto os Mistérios Secretos de Kenji.

Como se eu fosse fácil de entender.

— Não sei como não percebi isso antes — ela está dizendo. — A relação de vocês é tão estranha e intensa — balança a cabeça. — Claro que você está apaixonado por ela.

Jesus. Estou cansado demais para isso.

Passo por Nazeera revirando os olhos.

— Não estou apaixonado por ela.

— Tenho quase certeza de que sei o...

— Você não sabe de nada, tá? — paro e me viro para encará-la. — Você não sabe nada sobre mim. Assim como eu não sei merda nenhuma sobre você.

Suas sobrancelhas voam para cima de sua testa.

— O que quer dizer com *isso*?

— Não faça isso — digo, apontando para ela. — Não se finja de burra.

Passo com tudo pela porta e, quando já estou no meio do caminho mal iluminado que leva à minha tenda, ouço sua voz novamente.

— Você ainda está com raiva de mim? — ela pergunta. — Por causa daquilo com o Anderson?

Paro tão de repente que quase tropeço. Eu me viro para olhar para ela e não consigo evitar: caio na risada, parecendo estar louco.

— *Daquilo* com o Anderson? Você está falando sério? Você está falando *daquilo* de quando ele ressuscitou querendo assassinar todos nós porque você contou a ele onde estávamos? Ou *daquilo* de ele matar Delalieu? Ou, espere, talvez você esteja falando *daquilo* de nos trancar num hospício para apodrecermos até a morte... Ou, ainda, *daquilo* de você ter me amarrado, amordaçado e arrastado para dentro de um avião com ele, para ir para o outro lado do mundo?

92

DECIFRA-ME

Ela se move com muita rapidez, ficando na minha frente em segundos. E, então, a ira faz sua voz tremer:

— Eu fiz o que fiz para salvar sua vida. Eu estava salvando todas as suas vidas. Você deveria estar me *agradecendo*... E, em vez disso, você está aqui gritando comigo como uma criança, depois de eu, sozinha, ter salvado toda a sua equipe de uma morte certa — ela balança a cabeça. — Você é inacreditável. Você não tem ideia do que arrisquei para que isso acontecesse, e a culpa não é minha se você não consegue entender.

O silêncio paira entre nós, separando-nos.

— Sabe o que é hilário? — balanço a cabeça e olho para cima, para o céu noturno. — *Isto* aqui. Esta conversa é hilária.

— Você está bêbado?

— Pare.

Eu me viro para trás e lhe dirijo um olhar sombrio.

— Pare de subestimar a minha mente. Você acha que sou burro demais para entender uma merda de uma missão de resgate? É claro que entendo — digo com raiva. — Entendo que você tenha tomado algumas decisões duvidosas em nome da nossa fuga. Não estou irritado com isso. Estou irritado agora porque você não sabe como se *comunicar*.

Vejo seu rosto mudar. O fogo se apaga em seus olhos; a tensão deixa seus ombros. E, então, ela pisca os olhos para mim...

Confusa.

— Não estou entendendo — Nazeera diz calmamente.

O sol já morreu há horas, e o caminho escuro e sinuoso está iluminado apenas pelas lamparinas baixas e difusas das tendas próximas. Ela está banhada por essa meia-luz. Brilhando. Mais linda do que nunca, o que é simplesmente aterrorizante, para ser honesto. Seus olhos são grandes e reluzentes, e ela está olhando para mim como se fosse só uma garota e eu, só um cara, e nós fôssemos só um casal de idiotas caminhando em direção ao sol. Como se não fôssemos, ambos, assassinos ou mais ou menos isso.

Suspiro. Passo a mão pelo cabelo. A força abandonou meu corpo e, de repente, estou tão exausto que não tenho certeza se consigo continuar em pé.

— Preciso ir para a cama — digo, tentando passar por ela.

— Espere...

Ela agarra meu braço e quase salto para fora da minha pele com a sensação. Eu me afasto, tenso, mas ela dá um passo à frente e, de repente, ficamos tão próximos que posso praticamente sentir sua respiração. A noite está silenciosa e fresca, e ela é a única coisa que consigo ver em meio à iluminação oscilante. Respiro, sentindo o cheiro dela — sutil, doce —, enquanto a memória me atinge com tanta força que arranca o ar dos meus pulmões.

Seus braços estão em volta do meu pescoço.

Suas mãos, no meu cabelo.

A maneira como ela me pressionou contra a parede, a maneira como os nossos corpos derreteram-se um no outro, a maneira como ela passou as mãos pelo meu peito e me disse que eu era lindo. Os sons suaves, desesperados que ela fez quando eu a beijei.

Agora sei como é tê-la nos meus braços. Sei como é beijá-la, saborear a curva dos seus lábios, seu toque no meu pescoço. Ainda posso sentir seu gosto, a forma de seu corpo, forte e delicada, sob as minhas mãos. Nem mesmo a estou tocando e é como se estivesse acontecendo de novo, quadro por quadro, e não consigo parar de olhar para a boca dela porque esse maldito *piercing* de diamante continua captando a luz e, por um momento, por apenas um momento, quase enlouqueço e a beijo novamente.

94

Minha cabeça está cheia de barulho, sangue correndo para os meus ouvidos.

Ela me deixa louco. Nem sei por que gosto tanto dela. Mas não tenho controle sobre como meu corpo reage quando ela está por perto. É selvagem e ilógico, e eu adoro. E odeio.

Algumas noites adormeço revendo a cena: seus olhos, suas mãos, sua boca...

Mas a cena sempre é interrompida no mesmo momento.

— *Isso entre nós nunca funcionaria, sabe? Não estamos...* — *ela faz gestos entre nossos corpos.* — *Somos tão diferentes, né?*

— Kenji?

Certo. Sim. Merda, estou cansado.

Dou um passo para trás. O ar frio da noite é cortante e estimulante, e, quando eu finalmente encontro seus olhos de novo, meu pensamento está mais claro.

Mas minha voz soa estranha quando falo:

— Preciso ir.

— Espere — Nazeera diz novamente, e coloca a mão no meu peito.

Coloca a mão no meu peito.

Ela me toca como se me possuísse, como se fosse fácil me parar, me conquistar. Uma chama de indignação acende dentro de mim. É óbvio que ela está acostumada a obter qualquer coisa que queira. Ou ela pega à força.

Tiro sua mão do meu peito. Ela não parece perceber.

— Não estou entendendo — diz ela. — O que você quer dizer com "eu não sei me comunicar"? Se não te contei nada sobre a missão, era porque você não precisava saber.

TAHEREH MAFI

Reviro os olhos.

— Você acha que eu não precisava saber que você tinha dado um sinal para o Anderson? Você acha que todos nós não precisávamos saber que ele estava (a) vivo e (b) prestes a nos matar? Você não pensou em alertar Delalieu para que ele calasse a boca apenas o suficiente para evitar seu assassinato? — minha irritação está crescendo. — Você podia ter dito que ia nos colocar no hospício *temporariamente*. Podia ter me dito que ia me drogar, não precisava me nocautear e me sequestrar e me deixar pensar que estava prestes a ser executado. Eu teria vindo voluntariamente — digo, minha voz cada vez mais alta. — Eu teria *ajudado* você, porra.

Mas Nazeera não se comove. Seus olhos ficam frios.

— Você claramente não tem ideia com o que estou lidando — rebate com calma. — Se realmente acha que seria tão simples. Eu não podia arriscar...

— E *você* claramente não tem ideia de como trabalhar em grupo — corto. — O que torna você nada mais que um fardo.

Seus olhos se arregalam de raiva.

— Você trabalha sozinha, Nazeera. Vive de acordo com um código moral que não entendo, o que basicamente significa que só faz o que quer e muda de aliança conforme a conveniência. Você cobre seu cabelo às vezes, apenas quando acha que é seguro, porque é um ato de rebeldia, mas você não é, de fato, comprometida com isso. Na verdade, você não se alinha a nenhum grupo e ainda faz tudo o que seu pai manda até decidir, por um momentinho que seja, que não quer mais dar ouvidos ao Restabelecimento. Você é imprevisível — continuo — e sem limites. Hoje, você está do nosso lado, mas e amanhã? — balanço a cabeça. — Não tenho ideia de quais são suas verdadeiras motivações. Nunca sei o que você realmente está pensando. Nunca posso baixar a guarda perto de você, porque não tenho como saber se está apenas me usando. Não posso confiar em você.

Ela me encara, ainda como uma pedra, e não diz nada pelo que parece um século. Finalmente, dá um passo para trás. Seus olhos estão impenetráveis.

— Você devia ter cuidado — diz ela. — Esse é um discurso perigoso para alguém em quem não se pode confiar.

Mas não vou cair na dela. Não desta vez.

— Mentira — falo. — Se você fosse me matar, já teria feito isso há muito tempo.

— Posso mudar de ideia. Aparentemente, sou imprevisível. Sem limites.

— Que mude — murmuro. — Já deu por aqui.

Balanço a cabeça e saio, já indo embora, cinco passos mais próximo do silêncio e do sono, quando ela grita com raiva:

— Eu me abri pra você! Baixei minha guarda perto de você, mesmo que você não possa fazer o mesmo por mim.

Isso me faz parar no meio do caminho.

Viro.

— Quando? — grito de volta, atirando as mãos para cima em sinal de irritação. — Quando foi que você confiou em mim? Quando foi que se abriu comigo? Nunca. Você apenas faz o que quer, quando e como quer, e que se danem as consequências, e depois espera que todos aceitem isso. Bem, pra mim isso é ridículo, tá? Não gosto disso.

— Eu te falei sobre meus poderes! — ela exclama, com os punhos cerrados ao lado do corpo. — Compartilhei com vocês tudo o que eu sabia sobre Ella e Emmaline!

Solto um suspiro longo e exausto. Dou alguns passos em direção a ela, mas só porque não quero mais gritar.

— Não sei como explicar isso — falo, firmando minha voz. — Quer dizer, estou tentando. Realmente estou. Mas não sei como... Tipo, escuta, entendo que você me dizer que consegue ficar invisível é uma grande coisa. Entendo mesmo. Mas há uma grande diferença entre você compartilhar um monte de informações sigilosas com um grande grupo de pessoas e realmente se *abrir* comigo. Eu não... Eu não quero... — interrompo-me, cerrando os dentes com força. — Sabe de uma coisa? Esquece.

— Não, continue — diz ela, sua própria raiva mal contida. — Fale. O que é que você *não* quer?

Finalmente, encontro seus olhos. Estão brilhando. Zangados. E não sei o que acontece exatamente, mas, olhando para ela, algo se solta na minha cabeça. Algo cruel. Sem filtro.

— Eu não quero essa versão esterilizada de você — digo. — Não quero a pessoa fria e calculista que você tem que ser para todos os outros. Esta versão sua é cruel, insensível e individualista. Você não é uma pessoa legal, Nazeera. Você é má, condescendente e arrogante. Mas tudo isso seria tolerável, juro, se eu achasse que você, no fundo, tem um coração. Porque, se vamos ser amigos, se vamos ser *qualquer coisa*, preciso ser capaz de confiar em você. E não confio em amizades de conveniência. Não confio em máquinas.

Tarde demais, percebo meu erro.

Nazeera parece atordoada.

Ela pisca sem parar e, por um longo e doloroso segundo, seu exterior de pedra dá lugar a uma emoção crua e trêmula que a faz parecer uma criança. Ela me encara e, de repente, parece pequena — jovem, assustada e pequena. Seus olhos brilham, molhados de emoção, e toda a sua aparência fica tão de partir o coração que me atinge com força, como um soco no estômago.

Um momento depois, ela se vai.

Ela se vira, tranca seus sentimentos, recoloca a máscara.

Eu me sinto congelado.

Errei feio e não sei corrigir. Não sei qual protocolo seguir. Também não sei como ou quando, exatamente, me transformei nesse perfeito idiota, mas acho que a convivência com Warner por todo esse tempo não deve ter sido benéfica.

Não sou esse cara. Não faço garotas chorarem.

Mas também não sei como desfazer isso. Talvez seja melhor não dizer nada. Apenas ficar aqui, piscando para o espaço sideral, tentando voltar no tempo. Não sei. Não sei o que irá acontecer. Só sei que devo ser um verdadeiro canalha, porque quem consegue fazer Nazeera Ibrahim chorar deve ser um monstro. Nem imaginei que Nazeera *pudesse* chorar. Não sabia que ela ainda era capaz disso.

Isso mostra o quão burro eu sou.

Acabei de fazer a filha do comandante supremo da Ásia chorar.

Quando ela finalmente me encara de novo, as lágrimas se foram, mas sua voz é fria. Oca. E é quase como se ela não pudesse nem acreditar que está dizendo as seguintes palavras:

— Eu beijei você. Naquela hora, você também achou que eu era uma máquina?

Minha mente de repente fica em branco.

— Talvez?

Ouço sua respiração aguda. A dor transparece em seu rosto.

Ai, meu Deus, sou pior do que burro.

Sou um ser humano mau.

Não tenho ideia do que há de errado comigo. Preciso parar de falar. Quero não estar nesta situação. Não quero estar aqui. Quero voltar para o meu quarto e dormir, e não estar aqui. Mas alguma coisa está quebrada — meu cérebro, minha boca, meus controles motores.

Pior: não sei como sair daqui. Onde está o botão ejetor para escapar de conversas com mulheres lindas e assustadoras?

Ela diz:

— Você realmente acha que eu faria algo assim? Acha que eu beijaria você daquele jeito só para te manipular?

Pisco para ela.

Parece que estou preso em um pesadelo. Culpa, confusão, exaustão e fúria, tudo junto, escalando o caos do meu cérebro a ponto de causar dor e, de repente, incompreensivelmente, perco a cabeça.

Desesperado, burro…

Não consigo parar de gritar.

— Como é que eu vou saber o que você faria ou não faria para manipular alguém? Como vou saber seja lá o que for sobre você? Aliás, como posso ficar no mesmo cômodo com alguém como você? Esta situação é *ridícula* — ainda estou gritando, tentando descobrir uma maneira de me acalmar. — Não só você saberia me assassinar de mil formas diferentes como, levando ainda em conta o fato de você ser a mulher mais linda que já vi na vida… Quero dizer que, sim, faz muito mais sentido você estar me manipulando de alguma forma do que, numa espécie de universo alternativo, de fato se sentir atraída por mim.

— Você é *inacreditável!*

— E você só pode estar louca.

Ela fica boquiaberta. Literalmente, com a boca aberta. E, por um segundo, parece tão brava que acho que vai arrancar a minha garganta.

Recuo.

— Tudo bem, me desculpa, você não está louca... Mas, vinte minutos atrás, estava me acusando de estar apaixonado pela minha melhor amiga, então, para ser justo, meus sentimentos estão agora com um pé atrás.

— Você olhava para ela como se estivesse apaixonado!

— Jesus, mulher, eu olho para *você* como se estivesse apaixonado por *você!*

Aperto os olhos.

— Nada. Esqueça. Preciso ir.

— Kenji...

Mas já fui embora.

Três

Quando volto para o meu quarto, fecho a porta e deslizo contra ela, afundando no chão como um amontoado triste e patético. Derrubo a cabeça sobre as mãos e, em um momento extremo, penso...

Queria que a minha mãe estivesse aqui.

A sensação me atinge tão rápido que não consigo parar a tempo. Cresce rapidamente, saindo do controle: tristeza alimentando tristeza, a autopiedade me envolvendo sem piedade. Todas as minhas experiências de merda — cada desgosto, cada decepção — juntam-se para me rasgar ao meio e devorar meu coração até que não sobre nada, até que a dor me coma vivo.

Eu desmorono sob o peso disso tudo.

Abaixo a cabeça sobre os joelhos, envolvo minhas pernas com os braços. Choques de dor golpeiam meu peito, dedos quebrando minhas costelas, fechando-se em torno dos meus pulmões.

Não consigo recuperar o fôlego.

No início, não sinto as lágrimas escorrendo pelo meu rosto. A princípio, apenas ouço minha respiração, áspera e ofegante, e não entendo o som. Levanto a cabeça, atordoado, e forço uma risada, mas parece estranha, estúpida. Estúpida como eu. Pressiono os punhos contra os olhos e cerro os dentes, conduzindo as lágrimas de volta ao meu crânio.

Não sei o que há de errado comigo esta noite.

Sinto-me esquisito, desequilibrado. Ansiando por algo. Estou perdendo meu propósito de vista, meu senso de direção. Sempre digo que estou lutando todos os dias pela esperança, pela salvação da humanidade, mas toda vez sobrevivo apenas para voltar para ainda mais perda e devastação, e algo se solta dentro de mim. É como se as pessoas e os lugares que amo fossem as porcas e os parafusos que me mantêm de pé; sem eles, sou apenas ferro velho.

Suspiro, longa e tremulamente. Solto meu rosto sobre as mãos. Quase nunca me permito pensar na minha mãe. Quase nunca. Mas, agora, nesta escuridão, no frio, no medo e na culpa... Minha confusão sobre Nazeera...

Gostaria de poder falar com a minha mãe.

Gostaria que ela estivesse aqui para me abraçar, me guiar. Gostaria de poder me aninhar em seus braços como eu costumava fazer, gostaria de poder sentir seus dedos contra meu couro cabeludo no fim de uma longa noite, fazendo cafuné para me acalmar. Quando eu tinha pesadelos, ou quando papai fica muito fora procurando trabalho, ela e eu ficávamos acordados juntos, abraçados. Eu me agarrava a ela e ela me embalava suavemente, correndo os dedos pelo meu cabelo, sussurrando no meu ouvido. Ela foi a pessoa mais engraçada que já conheci. Tão inteligente. Tão perspicaz.

Meu Deus, que saudade da minha mãe.

Às vezes sinto tanto a falta dela que acho que meu peito está implodindo. Sinto que estou me afogando no sentimento, sem condições de subir à superfície para respirar. E, às vezes, acho que poderia simplesmente morrer lá, nesses momentos, violentamente afogado pela emoção.

Mas, daí, milagrosamente — centímetro a centímetro —, o sentimento se atenua. É um esforço lento e excruciante, mas, por fim, a enxurrada cessa, estou vivo novamente. Sozinho de novo.

Aqui, no escuro, com as minhas memórias.

Às vezes me sinto tão sozinho neste mundo que nem consigo respirar.

Castle está com sua filha. Todos os meus amigos encontraram os seus parceiros. Perdemos Adam. Perdemos James. Perdemos todos os outros do Ponto Ômega. Isso ainda me atinge às vezes. Ainda me derruba quando me esqueço de enterrar os sentimentos o mais profundamente possível.

Mas não posso continuar assim. Estou desmoronando, e não há tempo para desmoronar. As pessoas precisam de mim, dependem de mim.

Tenho que me recompor.

Eu me arrasto para cima, apoiando as costas contra a porta enquanto tento ficar em pé. Estava sentado no escuro, no frio, com as mesmas roupas que estou usando há uma semana. Vou ficar bem; só preciso mudar de ritmo.

James e Adam provavelmente estão bem.

Têm que estar.

Vou para o banheiro, acendendo as luzes no caminho, e abro a torneira. Tiro as roupas velhas, prometendo tacar-lhes fogo assim que possível, e abro as gavetas, vasculhando entre os itens de higiene e as peças básicas de algodão que Nouria disse que haveria em nossos quartos. Satisfeito, passo para o banho. Não sei como eles conseguem água quente aqui, nem quero saber.

Está perfeito. Inclino-me contra o azulejo frio enquanto a água quente lava meu rosto. Por fim, afundo no chão, cansado demais para ficar de pé.

Deixo o calor me ferver vivo.

Quatro

Achei que o chuveiro fosse promover algum tipo de cura restauradora, mas não funcionou tão bem quanto esperava. Agora estou me sentindo limpo, o que já vale de alguma coisa, mas ainda me sinto mal. Tipo, fisicamente mal. Acho que as emoções consigo controlar melhor, mas... Não sei.

Talvez eu esteja delirando. Ou lidando mal com a troca de fuso horário. Ou ambos.

Só pode ser isso.

Estou tão exausto que parecia que ia cair em um sono profundo assim que deitasse a cabeça no travesseiro, mas não tive essa sorte. Passei algumas horas deitado na cama, olhando para o teto, então caminhei no escuro por um tempo e agora estou aqui novamente, jogando bolas de meia na parede enquanto o sol move-se preguiçosamente em direção à lua.

Há uma faixa de luz rastejando-se no horizonte. O início do amanhecer. Estou olhando para a cena através do quadrado da minha janela, ainda tentando descobrir que diabos há de errado comigo, quando uma repentina e violenta batida na minha porta desencadeia uma injeção direta de adrenalina no meu cérebro.

DECIFRA-ME

Fico em pé em segundos, o coração disparado, a cabeça latejando. Visto as roupas e calço as botas tão rápido que quase me mato ao fazer isso, mas, quando finalmente abro a porta, Brendan parece aliviado.

— Que bom — ele diz. — Você está vestido.

— O que aconteceu? — pergunto automaticamente.

Brendan suspira. Ele parece triste — e, então, só por um segundo: Ele parece apavorado.

— O que aconteceu? — repito a pergunta.

A adrenalina está correndo pelo meu corpo agora, abastecendo o medo.

— Sou só o mensageiro, mano. Não devo falar nada.

— O quê? Por que não?

— Confie em mim — ele responde, encarando-me. — Vai ser melhor você ouvir do próprio Castle.

Cinco

— Por quê? — é a primeira coisa que pergunto a Castle.

Passo pela porta talvez com um pouco de força demais, mas não consigo me controlar. Estou desesperado.

— Por que estou ouvindo isso diretamente de você? — pergunto. — O que está acontecendo?

Mal consigo controlar a raiva na minha voz. Mal posso evitar os piores cenários se formando na minha imaginação. Um sem--número de coisas horríveis pode ter acontecido para que valesse a pena me arrancar da cama de madrugada e me fazer esperar mais cinco minutos antes de saber por que é simplesmente cruel.

Castle está me encarando com uma cara sombria, e eu respiro fundo, olho ao redor, estabilizo a minha pulsação. Pareço estar em um... quartel. Outro prédio. Castle, Sam e Nouria estão sentados em volta de uma mesa de madeira sobre a qual há papéis espalhados, plantas encharcadas, uma régua, três canivetes e muitas xícaras de café.

— Sente-se, Kenji.

Mas ainda estou olhando ao redor, desta vez procurando J. Ian e Lily estão aqui. Brendan e Winston também.

DECIFRA-ME

Mas não J. Nem Warner. E ninguém está olhando nos meus olhos.

— Onde está a Juliette? — pergunto.

— Ella, você quer dizer — Castle diz com gentileza.

— Tanto faz. Por que ela não está aqui?

— Kenji — pede Castle. — Por favor, sente-se. A situação já está difícil o bastante sem ter de lidar com as suas reações. Por favor.

— Com todo o respeito, senhor, vou me sentar depois que souber o que diabos está acontecendo.

Castle dá um forte suspiro. Por fim, ele diz:

— Você estava certo.

Meus olhos arregalam-se, meu coração está martelando no peito.

— O quê?

— Você estava certo — Castle enfatiza a última palavra. Ele abre e fecha o punho. — Sobre Adam. E James.

Mas estou balançando a cabeça.

— Não quero estar certo. Eu exagerei. Eles estão bem. Não me escutem — digo, soando um pouco louco. — Não estou certo, nunca estou certo.

— Kenji.

— *Não.*

Castle me olha diretamente no olho. Parece arrasado. Para lá de arrasado.

— Me diga que isso é uma piada — falo.

— Anderson levou os meninos como reféns — diz, olhando para Brendan e Winston. Ian. O fantasma de Emory. — Ele está repetindo o que já fez antes.

Não consigo lidar com isso.

Meu coração não consegue lidar com isso. Já estou à beira de uma crise. Isso já é demais. *Demais.*

— Vocês estão errados — insisto. — Anderson não faria isso, não com James. James é só uma criança... Ele não faria isso com uma criança...

— Sim — Winston diz calmamente. — Ele faria.

Olho para ele, meus olhos esbugalhados. Estou me sentindo esquisito. Como se a minha pele estivesse apertada demais. Solta demais. E olho para Castle novamente quando falo:

— Como é que vocês sabem? Como podem ter certeza de que não passa de outra armadilha, como da última vez...

— É claro que é uma armadilha — diz Nouria, com a voz firme, mas gentil, e se vira para Castle antes de completar. — Não sei exatamente por que, mas meu pai está fazendo isso parecer um simples sequestro. E não é. Nem temos certeza do que está de fato acontecendo. Parece que ele os está mantendo como reféns, mas está claro que também há algo maior se passando nos bastidores. Anderson está tramando algo. Se não estivesse, não teria...

— Eu acho — diz Sam, apertando a mão da esposa — que o que Nouria está tentando dizer é que pensamos que Adam e James têm apenas um pequeno papel na situação.

Olho para uma e para outra, confuso. Há uma tensão na sala que não havia um minuto atrás, mas a minha cabeça está pesada demais para entender o motivo.

— Não estou entendendo aonde querem chegar.

Mas é Castle quem explica.

— Não são apenas Adam e James — ele diz. — Anderson está em posse de todos os jovens, especificamente, dos filhos dos comandantes supremos.

Estou prestes a fazer outra pergunta quando me dou conta de que...

110

Sou o *único* fazendo perguntas no momento. Meus olhos passeiam pela sala, pelos rostos dos meus amigos. Parecem tristes, mas determinados. Como se já soubessem como a história acaba, mas prontos a enfrentá-la.

Estou perplexo com a revelação. E não consigo esconder a raiva da voz ao dizer:

— Por que fui o último a ser informado sobre isso?

A resposta à minha pergunta é o silêncio. Olhares furtivos. Expressões nervosas.

— Sabíamos que seria difícil para você — diz Lily, que nunca está nem aí para o que sinto. — Você acabou de voltar daquela missão louca, depois tivemos de derrubar o avião em que você... Para dizer a verdade, não sabíamos se devíamos te contar logo de cara — ela hesita. E, depois, dirige um olhar irritado às outras mulheres no ambiente. — Mas, se serve de consolo, a Nouria e a Sam também não *nos* contaram de imediato.

— O quê? — as sobrancelhas quase escaparam da minha cabeça. — O que diabos está acontecendo? Quando vocês ficaram sabendo disso?

Silêncio de novo.

— *Quando?*

— Catorze horas atrás — informa Nouria.

— *Catorze horas atrás?* — meus olhos arregalam-se a ponto de doerem. — Vocês sabem disso há *catorze horas* e estão me contando só agora? Castle?

Ele balança a cabeça.

— Elas também não me contaram — ele diz e, apesar de sua calma, noto a tensão em sua mandíbula. Ele não consegue me olhar nos olhos. Nem olha para Nouria.

A ficha cai com uma velocidade repentina e surpreendente. Eu finalmente entendo: há cozinheiros demais nesta cozinha metafórica.

Não tinha ideia da merda complicada em que acabei me metendo, mas está claro que Nouria e Sam estão acostumadas a mandar neste lugar. Filha ou não, Nouria é a cabeça desta resistência, e não importa o quanto goste de ter seu pai por perto, ela não está prestes a ceder o comando. O que, pelo jeito, significa que ela esconde informações sigilosas até considerar que seu compartilhamento é necessário. O que significa… Que inferno, acho que significa que Castle já não tem mais nenhuma autoridade.

Puta merda.

— Então vocês sabiam disso — digo, olhando de Nouria para Sam e vice-versa. — Vocês sabiam quando pousamos aqui ontem que Anderson estava levando os filhos dos comandantes. Quando comemos bolo e cantamos parabéns para o Warner, vocês sabiam que James e Adam estavam sequestrados. Quando eu perguntei, várias vezes seguidas, por que diabos Adam e James não estavam aqui, vocês sabiam e não disseram nada…

— Acalme-se — Nouria reage bruscamente. — Você está perdendo o controle.

— Como vocês podem mentir para nós desse jeito? — questiono sem baixar o tom de voz. — Como puderam ficar aí, sorrindo, sabendo que nossos amigos estavam sofrendo?

— Porque precisávamos ter certeza — Sam responde. E, então, suspira pesadamente, tirando mechas de seu cabelo loiro do rosto. Há olheiras roxas sob seus olhos que me dizem que eu não sou o único que não tem dormido. — Anderson fez com que seus homens passassem essa informação debaixo do pano. Ele a plantou em nossas redes de propósito, o que me fez duvidar de seus motivos desde o início. Anderson parece ter descoberto que sua equipe se juntou a outro grupo rebelde, mas ele não sabe qual de nós está protegendo você. Eu imaginei que ele só estava tentando nos atrair para fora, então quis verificar as informações antes de divulgá-las ainda mais. Nós não queríamos dar os próximos passos sem ter certeza e não achávamos que seria bom para o moral espalhar informações prejudiciais que podiam acabar sendo falsas.

— Você esperou catorze horas para divulgar informações que poderiam ser verdadeiras — grito. — Anderson poderia ter decidido matá-los a essa altura!

Nouria balança a cabeça.

— Não é assim que funciona um sequestro. Ele deixou claro que quer algo de nós. Ele não mataria suas moedas de troca.

De repente, fico imóvel.

— O que você quer dizer? O que ele quer de nós? — então, olhando em volta novamente: — E por que diabos a Juliette não está aqui agora? Ela precisa ouvir isso.

— Não há razão para perturbar o sono da Ella — diz Sam — porque não há nada que possamos fazer no momento. Vamos falar com ela amanhã.

— Nem fodendo — digo com raiva, perdendo a cabeça. — Sinto muito, senhor, sei que não estamos mais no Ponto Ômega, mas o senhor tem que fazer alguma coisa. Isto aqui não está ok. J liderou uma maldita resistência. Ela não quer ser mimada nem protegida de tudo isso. E, quando descobrir que não contamos, ela vai ficar puta.

— Kenji…

— Isso tudo não deve passar de uma enganação — digo, passando as mãos no cabelo. — Um blefe. Mais mentiras. Anderson não pode estar com os filhos de todos. Ele está obviamente tentando confundir as nossas cabeças, e está funcionando. Porque ele sabe que nunca poderíamos ter certeza de que ele realmente os levou como reféns. Isso tudo é um jogo complicado. É a jogada perfeita.

— Não é — diz Brendan, colocando a mão no meu ombro. Suas sobrancelhas se juntam com a preocupação. — Não é só um jogo.

— Claro que…

— Sam os viu — diz Nouria. — Nós temos provas.

Enrijeço.

— O quê?

— Consigo enxergar longas distâncias — diz Sam. Ela tenta dar um sorriso, mas só parece cansada. — Distâncias muito, muito longas. Pensamos que, se fosse levar os jovens para algum lugar, Anderson optaria por algo perto de sua base, onde ele tem soldados e recursos à sua disposição. E, quando Ella nos contou que Evie estava morta, tive ainda mais certeza de que ele voltaria para a América do Norte, onde precisaria fazer um controle dos danos e manter seu poder sobre o continente. No caso de outro grupo rebelde tentar tirar vantagem da súbita revolta, ele teria que estar aqui, exercer seu poder, manter a ordem. Portanto, na minha busca, concentrei-me no Setor 45. Demorou quase todas as catorze horas para fazer uma varredura adequada, mas tenho certeza de que encontrei evidências suficientes para confirmar as declarações dele.

— Que diabos… Você tem certeza de que encontrou provas suficientes? Que tipo de baboseira é essa? E por que é você quem decide o que…

— Cuidado com o tom, Kishimoto — diz Nouria bruscamente. — Sam tem trabalhado sem parar tentando resolver essa situação. Você vai reconhecer a autoridade dela aqui, onde oferecemos refúgio a você, e dará a ela sua gratidão e seu respeito.

Sam coloca uma mão gentilmente no braço de Nouria.

— Está tudo bem — Sam fala, ainda olhando para mim. — Ele está alterado.

— Estamos todos alterados — diz Nouria, estreitando os olhos para mim.

A raiva dá a ela um brilho súbito e etéreo, que torna sua pele escura quase bioluminescente. Por um momento, não consigo desviar o olhar.

Balanço a cabeça rapidamente para organizar os pensamentos.

— Não quero ser desrespeitoso — digo. — Simplesmente não entendo por que estamos acreditando nisso. "Evidências suficientes" não soa convincente, em especial quando Anderson já fez exatamente essa mesma merda antes. Vocês se lembram de como isso acabou? Se não fosse por J, que salvou a todos nós naquele dia, estaríamos mortos. Ian definitivamente estaria morto agora.

— Sim — diz Castle pacientemente —, mas você está se esquecendo de um detalhe importante.

Inclino um pouco a cabeça na direção dele.

— Anderson estava mesmo com os nossos homens. Ele não mentiu sobre isso.

Minha mandíbula contrai-se. Meus punhos. Meu corpo inteiro fica petrificado.

— Negação é o primeiro estágio do luto, mano.

— Vá se foder, Sanchez.

— *Basta* — Castle fica em pé abruptamente. Ele parece lívido, a mesa trêmula sob sua mão espalmada. — O que há de errado com você, menino? Você não é assim… Com esse comportamento raivoso, irresponsável, desrespeitoso. Seus julgamentos cruéis não estão ajudando em nada na atual situação.

Fecho os olhos com força.

A fúria explode por trás das minhas pálpebras, como fogos de artifício prestes a detonar e me derrubar.

Minha cabeça está rodando.

Meu coração está rodando.

O suor percorre as minhas costas e tremo involuntariamente.

— Ok — rebato, abrindo os olhos. — Peço desculpas pelo meu comportamento desrespeitoso. Mas vou fazer esta pergunta só mais uma vez antes de eu mesmo ir chamá-la: por que a Juliette não está aqui agora?

O silêncio coletivo é a única resposta de que preciso.

— O que está mesmo se passando? — questiono com raiva. — Por que estão fazendo isso? Por que a estão deixando dormir e se recuperar tanto? Por que não estão me falando...

— Kenji — a voz de Castle soa diferente. Seus olhos parecem mais juntos, sua testa enrugada de preocupação. — Você está se sentindo bem?

Pisco. Respiro subitamente para me estabilizar.

— Estou bem — respondo, mas, por um segundo, as palavras soam estranhas, como que ecoadas.

— Mano, você não parece bem.

Quem disse isso?

Ian?

Viro-me em direção à voz dele, mas tudo parece distorcido conforme eu me mexo, os sons dobrando-se ao meio.

— É, você devia dormir um pouco.

Winston?

Viro-me de novo, e desta vez os sons parecem acelerados, como se estivessem correndo até colidirem em tempo real. Há um zumbido nos meus ouvidos. Olho para baixo, percebendo tarde demais que as minhas mãos estão tremendo. Chacoalhando. Estou *congelando*.

— Por que está tão frio aqui? — pergunto.

Brendan de repente está em pé ao meu lado.

— Deixe eu te levar para o seu quarto — ele diz. — Talvez vo...

— Eu tô bem — minto, afastando-me dele. Consigo sentir meu coração batendo forte demais, o movimento rápido como um borrão, praticamente uma vibração.

Fico apavorado.

Preciso me acalmar. Preciso recuperar o fôlego. Preciso me sentar... Ou me encostar em algo...

A exaustão me pega como uma bala enterrada entre os olhos. Repentina e ferozmente, plantando suas garras no meu peito e me puxando para baixo. Caio sobre uma cadeira, piscando devagar. Meus braços parecem pesados. Meu coração bate lentamente. Estou líquido.

Meus olhos se fecham.

Instantaneamente, uma imagem de James materializa-se na minha cabeça: faminto, machucado, espancado. Sozinho e apavorado.

O horror envia um choque elétrico ao meu coração, trazendo-me de volta à vida.

Meus olhos se abrem abruptamente.

— Ouçam — minha garganta está seca; engulo com dificuldade. — Ouçam — digo de novo. — Se isso é verdade, se James e Adam foram mesmo levados como reféns de Anderson, então precisamos ir. Precisamos ir agora. Nesta porra deste minuto...

— Kenji, não podemos — diz Sam. Ela está em pé na minha frente, o que me surpreende. — Não há nada que possamos fazer neste momento — ela pronuncia as palavras devagar, como se estivesse conversando com uma criança.

— Por que não?

TAHEREH MAFI

— Porque ainda não sabemos exatamente onde eles estão — Nouria é quem fala desta vez. — E porque você está certo: isso é uma espécie de armadilha.

Ela olha para mim como se sentisse pena, o que injeta mais uma onda de fúria no meu sangue.

— Não podemos encarar isso despreparados — ela diz. — Precisamos de mais tempo. Mais informações.

— Nós vamos resgatá-los — diz Castle, dando um passo à frente. Ele baixa as mãos sobre os meus ombros, olha para o meu rosto. — Juro que vamos resgatá-los. James e Adam ficarão bem. Mas, primeiro, precisamos de um plano.

— Não — digo, furioso, afastando-me. Nada disso faz sentido. A Juliette precisa vir aqui. Que caralho de situação.

— *Kenji...*

Saio com tudo da sala.

Seis

Devo ter perdido a cabeça.

Só pode ser isso. Não há outra razão que explique eu ter xingado o Castle, gritado com sua filha, brigado com meus amigos e ainda estar aqui, cedinho de madrugada, apertando a campainha pela terceira vez. É como se eu estivesse *pedindo* para ser assassinado. É como se eu quisesse que Warner me desse um soco na cara ou algo assim. Mesmo agora, através da névoa espessa e estúpida da minha cabeça, sei que não deveria estar aqui. Sei que isso não está certo.

Mas eu (a) sou muito burro, (b) estou muito cansado, (c) estou muito zangado ou (d) todas as alternativas anteriores, para ter o mínimo de respeito pelo seu espaço e pela sua privacidade. E, então, como se fosse uma deixa, ouço uma voz abafada e irritada através da porta.

— Por favor, amor. Só ignore.

— E se houver algo errado?

— Não há nada de errado — diz ele. — É só o Kenji.

— Kenji? — ouço uma movimentação, e meu coração bate forte. J sempre me atende. Ela *sempre* comparece.

— Como você sabe que é Kenji?

— Palpite — diz Warner.

Toco a campainha novamente.

— Estou indo! — diz J, finalmente.

— Ela *não* está indo — grita Warner. — Vá embora.

— Não vou a lugar algum — grito de volta. — Quero falar com a Juliette. Ella. Jella. Jello. Seja como for.

— Ella, meu amor, por favor... Deixe-me matá-lo.

Ouço J rindo, o que é fofo, até, porque deixa claro que ela pensa que Warner está brincando. Eu, por outro lado, tenho certeza de que ele não está.

Warner, então, diz alguma coisa que não consigo escutar. O quarto fica silencioso e, por um momento, fico confuso. Eu me dou conta de que fui derrotado. Warner deve tê-la convencido a voltar para a cama.

Droga.

— Mas é exatamente por isso que eu devo atender à porta — ouço-a dizer. Mais silêncio. Movimentação. Uma batida muda. — Se ele precisa falar comigo tão cedo é porque é importante.

Warner suspira tão alto que consigo ouvir do outro lado da parede.

Toco a campainha mais uma vez.

Um único gritinho ininteligível.

— *Ei* — chamo. — É sério, alguém por favor abra a porta. Estou congelando aqui fora.

Mais resmungos zangados de Warner.

— Já estou indo — Jello grita.

— Por que está demorando tanto? — pergunto.

— Estou tentando... — eu a ouço rindo, depois com uma voz doce e suave claramente dirigida a outro homem. — Aaron, por favor, prometo que já volto.

— J?

DECIFRA-ME

— Estou tentando me vestir!

— *Ah* — tento com todas as minhas forças não os visualizar juntos, sem roupa, na cama, mas não consigo lutar contra a imagem se materializando. — Tá bom, argh.

Depois:

— Linda, por quanto tempo você pretende continuar sendo amiga dele?

J ri de novo.

Cara, a menina é sem noção.

Quero dizer... É verdade que, se eu me colocasse no lugar do Warner por cinco segundos, entenderia exatamente por que ele quer me matar com tanta frequência. Se eu estivesse na cama com a minha namorada e um idiota carente ficasse tocando a campainha só para falar com ela sobre os sentimentos dele, eu também ia querer assassiná-lo.

Mas não tenho namorada e, pelo jeito, nunca terei. Então não ligo, e Warner sabe disso. É metade da razão pela qual ele me odeia tanto. Ele não consegue me afastar sem magoar J, mas também sabe que, se me acolher, terá de compartilhá-la comigo. Ele está em uma situação de merda.

Funciona bem para mim, porém.

E meu dedo ainda está pairando sobre a campainha quando ouço passos se aproximando. Mas, quando a porta se abre, dou um salto para trás.

Warner está furioso.

Descabelado, com o cinto do robe atado de qualquer jeito. Sem camisa, descalço e, provavelmente, pelado sob esse robe, que é a única razão pela qual me forço a olhá-lo nos olhos.

Merda.

Ele não estava brincando nem um pouquinho. Ele realmente está puto.

E sua voz soa baixa — letal — quando ele diz:

— Eu devia tê-lo deixado congelar até a morte no antigo apartamento do Kent. Devia ter deixado os roedores devorarem sua carcaça devidamente conservada. Devia...

— Cara, não estou tentando...

— *Não* me interrompa.

Minha boca se fecha.

Ele respira fundo e com força. Seus olhos estão em chamas. Verdes. Gélidos. Flamejantes. Nesta ordem.

— Por que você faz isso comigo? Por quê?

— Hmm, ok. Sei que é difícil para um narcisista como você entender, mas isto não tem nada a ver com você. A J é minha amiga. Na verdade, ela era minha amiga antes. Éramos amigos antes de você aparecer.

Os olhos de Warner arregalaram-se de revolta. E, antes que ele tenha a chance de falar, digo:

— Foi mal. Desculpa aí — ergo as mãos em sinal de desculpas. — Por um segundo, esqueci a história de apagamento da memória. Mas, sério, não importa. Segundo as *minhas* memórias, eu já a conhecia antes.

E aí, de repente...

Warner faz uma careta.

É como se alguém tivesse apertado um botão e o fogo em seus olhos desaparece. Ele está me examinando com cuidado agora, o que me deixa nervoso.

— O que está acontecendo? — ele diz e inclina a cabeça para mim, arregalando os olhos de surpresa um instante depois. — Por que você está tão apavorado?

Jello aparece antes que eu possa responder.

Ela sorri para mim — um sorrisão brilhante e feliz que sempre aquece meu coração — e fico aliviado ao ver que está inteiramente vestida. Não vestida do tipo pelada-sob-um-roupão, mas realmente vestida, com casaco, sapatos e tudo, pronta para sair.

Sinto que posso finalmente respirar.

Mas, em um instante, ela para de sorrir. E, quando fica pálida, quando seus olhos transparecem preocupação, sinto-me um tantinhozinho melhor. Sei que isso soa estranho, mas há algo de reconfortante nessa reação; ao menos algo de certo ainda está acontecendo no mundo. Porque eu *sabia*. Sabia que, diferentemente dos outros, ela veria logo de cara que não estava tudo bem. Que eu não estou bem. Sem precisar de superpoderes para isso.

Isso significa tudo para mim.

— Kenji — ela diz —, o que foi?

Mal posso me conter. Uma dor chata, latejante está pressionando a parte de trás do meu olho esquerdo; manchas pretas sombreiam a minha visão. Sinto como se não conseguisse ar suficiente para respirar, como se meu peito fosse pequeno demais, meu cérebro grande demais.

— Kenji?

— É o James — digo, minha voz saindo fina. Errada. — Anderson o levou. Anderson levou James e Adam. Ele os fez de reféns.

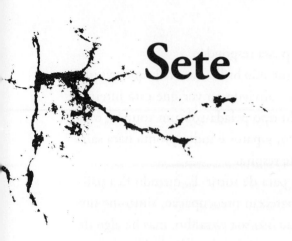

Sete

Voltamos à sala de guerra.

Estou parado na porta com J ao meu lado — Warner precisou de um minuto para escolher uma roupa estilosa e trançar o cabelo — e, nos quinze minutos em que me afastei, a atmosfera na sala mudou dramaticamente. Todo mundo está olhando para mim e para J. Encarando, na verdade. Brendan parece cansado. Winston parece irritado. Ian parece chateado. Lily parece puta da vida. Sam parece puto da vida. Nouria parece puta da vida.

Castle parece *muito* puto da vida.

Ele está olhando para mim com os olhos estreitos, e nossos anos juntos me ensinaram o suficiente sobre a linguagem corporal de Castle para saber exatamente o que ele está pensando.

Neste momento, ele está pensando que está mais do que um pouco decepcionado comigo, está se sentindo traído por eu ter quebrado a promessa de não falar palavrão, que eu o desrespeitei e que deveria ficar de castigo por duas semanas por gritar com a filha dele e a mulher dela. Também parece estar envergonhado. Ele esperava mais de mim.

— Sinto muito por ter perdido a cabeça.

Castle contrai a mandíbula ao me encarar.

— Está se sentindo melhor?

Não.

— Sim.

— Então conversaremos sobre isso mais tarde.

Desvio o olhar, cansado demais para saborear o remorso necessário. Estou muito cansado. Esgotado. Exaurido. Sinto que meu interior foi arrancado para fora com ferramentas cegas e enferrujadas, mas, sabe-se lá como, estou aqui. Ainda em pé. De alguma forma, ter J comigo torna tudo mais tolerável. É bom saber que há alguém aqui que está do meu lado.

Depois de um minuto inteiro de silêncio constrangedor, J fala.

— Então... — diz, deixando a palavra pairar no ar por um momento. — Por que ninguém me falou sobre essa reunião?

— Não queríamos incomodá-la — responde Nouria docilmente. — Como você enfrentou semanas difíceis, imaginamos que era melhor não a acordar até termos um plano de ação sólido.

J franze a testa. Posso dizer que ela está refletindo — duvidosamente — sobre o que Nouria acabou de dizer. Para mim, também soa como mentira. Praticamente nunca abrimos exceções para deixar as pessoas descansarem ou dormirem depois de uma batalha, a menos que estejam feridas. Às vezes, nem nesse caso. J, em particular, nunca recebeu tratamento especial antes. Nós não a tratamos como uma criança, como se ela fosse feita de porcelana. Como se ainda pudesse se estilhaçar.

Mas Jello decide deixar para lá.

— Sei que vocês estão tentando ser gentis — diz ela a Nouria — e sou grata pelo espaço e pela generosidade, especialmente de ontem à noite, com Aaron. Mas era melhor terem nos contatado imediatamente. Aliás, deveriam ter nos contado no minuto em que pousamos. Não importa pelo que passamos — continua ela.

— Nossas cabeças estão aqui, na realidade do agora, e Aaron lutará ao nosso lado. É hora de todos vocês pararem de subestimá-lo.

— Espere, o quê? — Ian franze a testa. — O que subestimar Warner tem a ver com James?

J balança a cabeça.

— Aaron tem tudo a ver com James. Na verdade — diz ela —, não consigo entender por que ele não foi a primeira pessoa para quem vocês falaram sobre isso. Seus preconceitos estão prejudicando vocês. Impedindo-os de evoluir.

É a minha vez de franzir a testa.

— Qual é o objetivo deste discurso, princesa? Não vejo como o Warner pode ser relevante para esta conversa. E por que você o chama de Aaron? É estranho.

— Eu... Ai... — ela diz, contraindo o rosto. — Eu sinto muito. Minha mente... Minhas memórias ainda estão... Estou passando por um momento difícil. Eu o conheci como Aaron por muito mais tempo do que como Warner.

Arqueio uma sobrancelha.

— Acho que vou continuar a chamá-lo de Warner.

— Acho que, no seu caso, ele prefere assim.

— Boa. Enfim. Então você acha que o subestimamos.

— Acho — ela diz.

Desta vez, Nouria é quem fala.

— E por quê?

J exala a respiração. Seus olhos estão tristes e sérios quando ela responde:

— Anderson é do tipo de monstro que faria um menino de dez anos de refém e o jogaria na prisão junto com soldados treinados. Até onde sabemos, ele está tratando James da mesma maneira como está tratando Valentina. E Lena. E Adam. É desumano em um nível tão perturbador que mal posso me permitir pensar sobre isso. É difícil conceber. Mas, para Aaron, não é. Ele conhece Anderson e o funcionamento interno de sua mente melhor do que qualquer um de nós. O conhecimento dele do Restabelecimento e de Anderson, em particular, não tem preço. Além disso, James é o irmão caçula de Aaron. E, se alguém sabe o que é ter dez anos e ser torturado por Anderson, é ele — ela ergue a cabeça, mirando diretamente nos olhos de Castle. — Como vocês puderam achar que o excluir desta conversa era uma boa ideia? Como imaginaram que ele não seria o primeiro a se importar com a situação? Ele está arrasado.

E, então, como se ela o tivesse invocado, Warner apareceu na porta. Pisco e Nazeera o está seguindo para dentro da sala. Pisco de novo e Haider e Stephan aparecem.

É esquisito vê-los juntos dessa forma, todos eles pequenos experimentos científicos. Super-soldados. Todos caminham da mesma forma, altos e altivos, postura perfeita, como se o mundo lhes pertencesse.

E meio que pertence mesmo. Aos seus pais, pelo menos.

Bizarro.

Não consigo imaginar como deve ter sido ser criado por pais que ensinam que o mundo é seu para você fazer o que bem quiser com ele. Talvez Nazeera estivesse certa. Talvez sejamos diferentes demais. Talvez nunca tivesse dado certo entre nós, não importa o quanto eu quisesse tentar.

Nazeera, Stephan e Haider abrem um amplo espaço, afastando-se para os lados e permanecendo calados — sem nem mesmo acenar um oi. Mas Warner continua andando. Jello o encontra no centro da sala e ele a puxa para seus braços como se não se vissem há dias. Não sei como consigo não vomitar. Mas, então, eu a ouço sussurrar algo sobre seu aniversário, e uma enorme onda de culpa toma conta de mim.

Não acredito que esqueci.

Estávamos comemorando o aniversário de Warner um pouco antes na noite passada. Hoje é que é seu aniversário de verdade. Hoje. Agorinha. Esta manhã.

Merda.

Arrastei J para fora da cama na manhã do *aniversário* dele.

Uau, eu realmente sou um idiota.

Quando eles se separam, Warner faz um gesto abrupto, quase imperceptível, com a cabeça, e Nazeera, Stephan e Haider vão até a mesa, tomando seus assentos ao lado de Ian, Lily, Brendan e Winston. Um pequeno batalhão pronto para a guerra. Às vezes é difícil acreditar que somos todos apenas um bando de crianças. Definitivamente, não parecemos ser. Mas esses quatro, em particular, têm uma aparência ainda mais imponente.

Warner está vestindo uma jaqueta de couro. Eu nunca o vi usar uma jaqueta de couro antes, e não sei por quê. Fica bem nele. Tem uma gola interessante e complicada, e o preto do couro contrasta com seu cabelo dourado. Mas, quanto mais penso nisso, mais duvido que a jaqueta seja dele. Não tínhamos bens quando desembarcamos aqui, então suponho que Warner tenha pegado emprestado de Haider. Haider, que está usando uma de suas camisas de cota de malha sob um casaco de lã grossa. Mas tudo isso não é nada comparado a Stephan, que está usando uma jaqueta militar dourada que parece de pele de cobra.

É louco.

Esses caras parecem quase alienígenas aqui, entre os pobres mortais que não usam cota de malha no café da manhã. Até eu posso dizer que Haider parece algum tipo de guerreiro com todo aquele metal envolto em seu peito e que a jaqueta dourada realmente se destaca contra a pele morena de Stephan. Mas quem vende essas porcarias? São como roupas do espaço sideral. Não tenho ideia de onde esses caras fazem compras, mas acho que eles podem estar indo às lojas erradas. Mas, afinal, quem sou eu para dizer isso? Tenho usado as mesmas calças e camisas rasgadas por anos. Tudo que tive um dia agora está desbotado e mal remendado e um pouco apertado, para ser honesto. Eu me considerava sortudo por ter um bom casaco de inverno e um bom par de botas. Só isso.

— Kenji?

Levo um susto, percebendo tarde demais que me perdi novamente em meus pensamentos. Alguém está falando comigo. Alguém disse meu nome. Certo? Olho para seus rostos, esperando algum sinal, mas não vejo nada.

Procuro a ajuda de J, que sorri.

— Nazeera — ela explica — acabou de lhe fazer uma pergunta.

Merda.

Eu estava ignorando a Nazeera. De propósito. Pensei que isso fosse óbvio. Achei que ela e eu tínhamos um entendimento, que tínhamos entrado em um acordo tácito de ignorar um ao outro para sempre, para nunca lembrarmos a idiotice que eu disse ontem à noite, e eu fingir que não estou sentindo o sangue correr para todos os lugares errados do meu corpo quando ela me toca.

Não há acordo?

Ok, então.

Merda.

Relutantemente, eu me viro para olhar para ela. Ela está com seu capuz de couro novamente, o que significa que posso ver apenas sua boca, o que parece muito, muito injusto. Ela tem uma boca linda. Carnuda. Doce. Droga. Não quero ficar olhando para a boca dela. Quero dizer, é claro que quero. Mas também não quero de jeito nenhum. Enfim, já é difícil o bastante continuar olhando para a boca dela, mas seu capuz está escondendo seus olhos, o que significa que não tenho ideia do que ela está pensando agora ou se ela ainda está com raiva de mim pelo que eu disse ontem à noite.

Daí...

— Eu estava perguntando se você suspeitava de alguma coisa — diz Nazeera. — Sobre James. E Adam.

Como não ouvi isso? Quanto tempo passei olhando para o nada e pensando sobre onde Haider faz suas compras?

Jesus.

O que diabos há de errado comigo?

Balanço a cabeça ligeiramente, na esperança de colocá-la no lugar.

— Sim — digo. — Eu meio que surtei com isso quando aparecemos aqui e não vi Adam e James. Falei para todo mundo — olho para os meus amigos inúteis —, mas ninguém me ouviu. Pensaram que eu estava louco.

Nazeera tirou o capuz e, pela primeira vez nesta manhã, vejo seu rosto. Procuro seus olhos, mas não encontro nada neles. Sua expressão está neutra. Não há nada em seu tom ou sua postura que sinalize o que realmente está passando em sua cabeça.

Nada.

E, então, seus olhos se estreitam, só um pouquinho.

— Você falou para todo mundo.

Pisco, hesito.

— Disse para algumas pessoas, sim.

— Mas não para nós — ela gesticulou para o grupinho de mercenários. — Não falou para Ella nem para Warner. Nem para o restante de nós.

130

— Castle disse que eu não devia contar para vocês — falo, olhando para J e Warner. — Ele queria que vocês curtissem a noite juntos.

J está prestes a dizer algo, mas Nazeera a corta.

— Sim, entendo — ela diz. — Mas ele também disse que você não deveria falar nada para Haider e Stephan? Ou para mim? Castle não instruiu você a esconder suas suspeitas de todos nós, instruiu?

Não há inflexão em sua voz. Sem raiva, nem um toquezinho de irritação — mas todos se viram para olhar para ela. As sobrancelhas de Haider estão erguidas. Até Warner parece curioso.

Pelo jeito, Nazeera está agindo de forma esquisita.

Mas a exaustão me tomou de novo.

Por algum motivo, sei que este é o fim. Estou sem vida. Sem forças. Não haverá mais explosões de raiva ou de adrenalina para me motivar por mais um minuto. Tento falar, mas os fios em meu cérebro foram desconectados, embaralhados.

Minha boca abre. Fecha.

Nada.

Desta vez a exaustão me toma com tanta violência que sinto como se meus ossos estivessem quebrando, meus olhos derretendo, como se estivesse enxergando o mundo através de um celofane. Tudo ganha um toque meio metálico, vítreo, embaçado. E aí, pela primeira vez, percebo que...

Esta não é uma exaustão normal.

Tarde demais, porém. Tarde demais para entender que estou mais do que muito, muito cansado.

Putz, acho que posso estar morrendo.

Stephan diz algo, mas não escuto.

Nazeera diz algo, mas não escuto.

Uma parte do meu cérebro que ainda se encontra em funcionamento me diz para voltar ao meu quarto e morrer em paz, mas, quando tento dar um passo, tropeço.

Esquisito.

Dou outro passo para a frente, mas, desta vez, é pior. Minhas pernas bambeiam e tombo, conseguindo me segurar apenas no último momento.

Tudo parece estranho.

Na minha cabeça, os sons parecem estar ficando mais altos. Não consigo abrir os olhos completamente. O ar ao redor parece me sufocar — comprimir — e eu tento pronunciar *Estou me sentindo estranho*, mas é inútil. Só sei que de repente fico com frio. Com um calor congelante.

Espere. Isso não faz sentido.

Faço uma careta.

— Kenji?

A palavra vem de longe. De debaixo d'água. Meus olhos estão fechados agora, e parece que ficarão assim para sempre. E, então... Tudo passa a cheirar diferente. Como sujeira, frio e umidade. Esquisito. Algo está fazendo cócegas no meu rosto. Grama? Como fui encostar o rosto na grama?

— *Kenji!*

Ah. *Ah.* Isso não está legal. Alguém está me sacudindo, forte, chacoalhando meu cérebro dentro do meu crânio, e algo, algum antigo instinto, abre as dobradiças enferrujadas das minhas pálpebras, mas, quando tento me concentrar, não consigo. Tudo está mole. Pastoso.

Alguém está gritando. Alguéns. Espere, qual é o plural de *alguém*? Acho que nunca ouvi tantas pessoas dizerem meu nome ao mesmo tempo. Kenji kenji kenjikenjikenjikenji...

Tento rir.

E, daí, eu a vejo. Lá está ela. Cara, que sonho bom. Mas aí está ela. Tocando meu rosto. Eu inclino minha cabeça um pouco, descanso a bochecha contra a palma macia e leve da mão dela. É uma sensação incrível.

Nazeera.

Linda de morrer, penso.

E, depois, apago.

Com leveza.

Oito

Quando abro os olhos, vejo aranhas.

Olhos e pernas, olhos e pernas, olhos e pernas por todo canto. Ampliados. De perto. Mil olhinhos, redondos e brilhantes. Centenas de pernas se estendendo em minha direção, ao meu redor.

Fecho os olhos novamente.

Que bom que não tenho medo de aranhas, caso contrário acho que estaria gritando. Mas aprendi a conviver com aranhas. Eu morava com elas no orfanato, nas ruas à noite, no subterrâneo do Ponto Ômega. Elas se escondem nos meus sapatos, embaixo da cama, capturam moscas nos cantinhos do meu quarto. Em geral, eu as coloco para fora, mas nunca as mato. Nós nos compreendemos, as aranhas e eu. Damo-nos bem.

Mas nunca *ouvi* aranhas antes.

E agora emitem sons tão altos. Um barulho discordante, muitos zumbidos e vibrações sem sentido que não consigo separar em sons. Mas, então, lentamente, começam a se separar. Ganham forma. Percebo que são vozes.

— Você tem razão, é incomum — alguém diz. — É realmente estranho que esteja fazendo efeito nele muito tempo depois, mas não é uma coisa inédita.

— Essa teoria não faz sentido…

— *Nazeera* — parece a voz de Haider —, estas são as curadoras deles. Tenho certeza de que saberiam o que…

— Não me importo — diz ela bruscamente. — Discordo. Kenji tem estado bem nos últimos dias, e sei disso porque estava com ele. Esse diagnóstico é absurdo. É irresponsável sugerir que ele está sendo afetado por drogas que foram administrados *dias* atrás, quando a causa subjacente é inequivocamente outra coisa.

Há um longo silêncio.

Finalmente, ouço alguém suspirar.

— Você pode achar difícil de acreditar, mas não é magia que fazemos. Nós lidamos com ciência. Podemos, dentro de certos parâmetros, curar uma pessoa doente ou ferida. Podemos fazer tecido e ossos se recomporem e repor a perda de sangue, mas não podemos fazer muito por… uma intoxicação alimentar, por exemplo. Ou uma ressaca. Ou exaustão crônica. Existem muitos males e doenças que não podemos curar.

Deve ser Sara. Ou Sonya. Ou ambas. Nem sempre consigo diferenciar suas vozes.

— E, neste caso — diz uma delas —, apesar de fazermos o nosso melhor, Kenji ainda está com essas drogas em seu sistema. Elas têm de seguir seu curso.

— Mas… Tem de haver algo…

— Kenji tem funcionado à base de pura adrenalina nessas últimas 36 horas — constata uma das gêmeas. — Os altos e baixos estão devastando seu corpo, e a privação de sono o está tornando mais suscetível aos efeitos das drogas.

— Ele vai ficar bem? — Nazeera pergunta.

— Não se não dormir.

TAHEREH MAFI

— O que isso significa? — J. *Jella. Jello.* É a voz dela. Parece apavorada.

— Quão sério é? Quanto tempo pode demorar para ele se recuperar?

E, então, conforme minha mente continua a se aguçar, percebo que as gêmeas estão conversando em conjunto, completando pensamentos e frases uma da outra, até que parece que só uma pessoa está falando. Fica mais claro.

Sara: — Não podemos saber com certeza.

Sonya: — Pode demorar horas, pode demorar dias.

— Dias? — Nazeera novamente.

Sara: — Ou não. Realmente depende apenas da força de seu sistema imunológico. Ele é jovem e muito saudável, então tem grandes chances de se recuperar. Mas está severamente desidratado.

Sonya: — E precisa dormir. Não a inconsciência induzida por drogas, mas um sono restaurador real. O melhor que podemos fazer é ajudar com sua dor e deixá-lo em paz.

— Por que vocês fizeram isso com ele? — Castle. Castle está aqui. Mas sua voz está dura. Um pouco assustada. — Era mesmo necessário?

Silêncio.

— *Nazeera* — é Stephan desta vez.

— Pareceu necessário — Nazeera disse calmamente. — Naquele momento.

— Você poderia ter simplesmente contado a ele, sabe — J novamente. Ela parece aborrecida. — Você não precisava drogá-lo. Ele teria ficado bem no avião se você tivesse contado a ele o que iria acontecer.

— Você não estava lá, Ella. Não tem ideia. Eu não podia arriscar. Se Anderson soubesse que Kenji estava no avião, se Kenji emitisse um *único* som, estaríamos todos mortos a essa altura. Não podia confiar que ele ficaria quieto e silencioso de forma sobre-humana por oito horas, entende? Era o único jeito.

— Se você realmente o conhecesse — J fala, sua raiva aumentando. — Se tivesse alguma ideia de como era lutar com Kenji ao seu lado, nunca teria achado que ele nos colocaria em risco.

Eu quase sorri.

J sempre leal. Sempre do nosso lado.

— Kenji — ela segue dizendo — não faria nada para atrapalhar a missão. Ele teria ajudado. Mais do que você pode imaginar. Ele…

Alguém limpa a garganta audivelmente, e fico decepcionado. Estava gostando do discurso.

— Eu não acho… — é de novo uma das gêmeas. Sara. — Eu não acho que seja útil apontar culpados. Não agora. E, especialmente, não nesta situação.

— Na verdade — diz Sonya, suspirando —, acreditamos que tenha sido a notícia sobre James que o derrubou.

— O quê? — Nazeera, mais uma vez. — O que quer dizer?

Sara: — Kenji ama James. Mais do que a maioria das pessoas sabe. Nem todo mundo percebe como eles são próximos…

— Mas nós costumávamos testemunhar isso todos os dias — completa Sonya. — Sara e eu trabalhamos com James por um tempo, ensinando-o a usar seus poderes de cura.

Sonya: — Kenji sempre estava lá. Sempre se certificando de que estava tudo bem. Ele e James têm um vínculo especial.

— E, quando ficamos tão preocupados — diz Sara —, quando ficamos tão assustados, níveis extremos de estresse podem prejudicar o nosso sistema imunológico.

Ah. Acho que isso significa que o meu sistema imunológico está arruinado para sempre.

Ainda assim, acho que estou me sentindo melhor. Não apenas consigo distinguir o som de suas vozes, como agora sinto que há uma agulha no meu braço, que está doendo pra cacete.

Devem estar injetando medicamentos.

Ainda não consigo abrir os olhos, mas *posso* me forçar a falar. Infelizmente, minha garganta está seca. Áspera. Como uma lixa. É necessário esforço demais para formar uma frase, mas, após um momento, consigo juntar duas palavras:

— Estou bem.

— *Kenji* — sinto Castle correndo até mim, pegando a minha mão. — Graças a Deus. Estávamos tão preocupados.

— Ok... — digo, mas minha voz está estranha até para mim mesmo. — Como aranhas.

O cômodo fica quieto.

— Do que ele está falando? — alguém murmura.

— Acho que devíamos deixá-lo descansar.

Sim. Descansar.

Estou tão cansado.

Não consigo mais me mexer. Nem formar palavras. Sinto-me afundar no colchão.

As vozes se dissolvem, lentamente se expandindo em uma massa de som indistinguível, que vira um rugido, uma agressão aos meus ouvidos, até que...

Desaparecem.

Silêncio.

Escuridão.

Nove

Há quanto tempo estou aqui?

O ar está mais frio, mais pesado. Tento engolir e, desta vez, não dói. Eu consigo espiar por duas fendas — lembrando algo sobre aranhas — e descobrir que estou sozinho.

Abro um pouco mais os olhos.

Pensei que iria acordar em uma enfermaria ou algo assim, mas fico surpreso — e aliviado, acho — ao perceber que estou em meu quarto. Tudo está quieto. Silencioso. Exceto por uma coisa: quando paro para escutar com atenção, consigo ouvir o som distante e inesperado de grilos. Acho que faz uma década que não ouço grilos.

Esquisito.

De qualquer forma, agora me sinto mil vezes melhor do que antes... Quando foi? Ontem? Não sei. Não importa quanto tempo faz, eu posso dizer com sinceridade que estou me sentindo melhor agora, me sentindo mais como eu mesmo. E sei que isso é verdade porque, de repente, estou morrendo de fome. Não consigo acreditar que não comi aquele bolo quando tive a chance. Devia estar louco.

Empurro-me para cima, sobre os cotovelos.

É mais do que um pouco desorientador acordar em um lugar diferente daquele em que você adormeceu, mas, depois de alguns minutos, o quarto começa a parecer familiar. A maioria das cortinas estava fechada, mas o luar se espalhava pela fresta de janela descoberta, lançando feixes prateados e sombras pela sala. Não tinha passado tempo suficiente nesta tenda antes de as coisas virarem um inferno para mim, então, o interior ainda está vazio e neutro. Não ajuda, claro, o fato de eu não estar com as minhas coisas. Tudo parece frio. Estranho. Todos os meus pertences foram emprestados, até minha escova de dentes. Mas, quando olho ao redor, para o monitor desligado perto da minha cama, a bolsa de infusão vazia pendurada e um novo curativo sobre o hematoma no meu antebraço, percebo que alguém deve ter decidido que eu já estava bem. Que eu ficaria bem.

Um alívio me inunda.

Mas o que faço para conseguir comida?

Dependendo da hora, pode ser tarde demais para comer; duvido que a tenda-refeitório fique aberta a noite toda. Mas, imediatamente, meu estômago se rebela contra esse pensamento. Não ronca, porém, apenas dói. A sensação é familiar, fácil de reconhecer. As pontadas agudas e de fome são sempre as mesmas.

Eu as senti durante quase toda a minha vida.

A dor volta, de repente, com uma insistência que não posso ignorar, e percebo que não tenho escolha a não ser vasculhar. Nada. Nem um pedaço de pão seco. Não me lembro da última vez em que fiz uma refeição adequada. Pode ter sido no avião, pouco antes de cairmos. Queria ter jantado naquela primeira noite, quando chegamos ao Santuário, mas meus nervos estavam tão em franga-lhos que meu estômago basicamente murchou. Acho que estou morrendo de fome desde então.

Vou consertar isso.

Empurro-me para cima. Preciso me recalibrar. Tenho me permitido perder a perspectiva ultimamente, e não posso me dar ao luxo de fazer isso. Há muita coisa para realizar. Muitas pessoas dependendo de mim.

James precisa que eu seja melhor do que isso.

Além disso, tenho muito a agradecer. Sei que tenho. Às vezes, só preciso ser lembrado disso. Então eu respiro fundo neste quarto escuro e silencioso e me forço a focar. Lembrar.

Para dizer em voz alta: *sou grato.*

Pelas roupas sobre o meu corpo e pela segurança deste quarto. Pelos meus amigos, pela minha família improvisada e pelo que resta da minha saúde e sanidade.

Baixo minha cabeça sobre as mãos e digo. Planto meus pés no chão e repito. E, quando finalmente consigo me empurrar para ficar em pé, respirando com dificuldade, suando, apoio as mãos contra a parede e sussurro:

— Sou grato.

Vou encontrar James. Ele, Adam e todos os outros. Vou consertar isso. Tenho que dar um jeito, mesmo que tenha de morrer tentando.

Levanto a cabeça e me afasto da parede, testando cuidadosamente meu peso no chão frio. Quando percebo que me sinto forte o suficiente para ficar de pé sozinho, dou um suspiro de alívio. Primeiro, o mais importante: preciso tomar um banho.

Agarro a barra da camisa e a puxo para cima, sobre a cabeça, mas, assim que a gola pega em volta do meu rosto, temporariamente me cegando, meu braço é pego por algo.

Por alguém.

Um suspiro curto e assustado é a minha única confirmação de que há um intruso no meu quarto.

TAHEREH MAFI

Medo e raiva passam por mim ao mesmo tempo, sensações tão avassaladoras que me deixam subitamente tonto.

Mas não há tempo para isso.

Arranco a camisa do corpo e a jogo no chão enquanto giro o corpo, a adrenalina subindo. Pego a semiautomática escondida na perna da calça, amarrada na parte interna da panturrilha, e calço minhas botas mais rápido do que pensei que fosse humanamente possível. Assim que seguro a arma com firmeza, meus braços voam para cima, fortes e retos, mais estáveis do que o que sinto por dentro.

Está bem escuro aqui. Muitos lugares para se esconder.

— Apareça! — grito. — Já!

Não sei exatamente o que acontece a seguir. Não consigo ver, mas posso sentir. Um vento, curvando-se em minha direção em um único arco fluido, e minha arma logo está, seja lá como, impossivelmente, no chão. Do outro lado do quarto. Eu fico olhando para minhas mãos abertas e vazias. Atordoado.

Tenho apenas um instante para tomar uma decisão.

Pego uma cadeira próxima e bato, com força, contra a parede.

Uma das pernas de madeira se quebra facilmente e eu a seguro para cima, como um morcego.

— O que você quer? — pergunto, minha mão segurando a arma improvisada. — Quem mandou você...

Sou chutado por trás.

Uma bota pesada e chata pousa com força entre as minhas escápulas, atirando-me para a frente com força suficiente para eu perder o equilíbrio e a respiração. Caio de quatro, minha cabeça girando. Ainda estou muito fraco. Longe de estar rápido o suficiente. E sei disso.

Mas, quando ouço a porta se abrir, sou forçado a me levantar por algo mais forte do que eu, algo como lealdade, responsabilidade

142

pelas pessoas que amo e que preciso proteger. Um feixe de luar atravessa a porta aberta, revelando minha arma, ainda no chão, e eu a agarro com segundos de sobra, de alguma forma chegando à porta antes que ela tenha a chance de fechar.

E, quando eu vejo um vislumbre de algo na escuridão, não hesito. Atiro.

Sei que errei quando ouço o som distante e maçante de botas batendo contra o solo. Meu agressor está correndo rápido demais para alguém ferido. Ainda está escuro para ver muito mais além dos meus próprios pés — as lamparinas estão desligadas e o luar está fraco —, mas o silêncio é perfeito para eu conseguir discernir passos cuidadosos a distância. Quanto mais perto chego, mais sou capaz de rastrear seus movimentos, mas a verdade é que está ficando mais difícil ouvir qualquer coisa além da minha própria respiração dificultosa. Não tenho ideia de como estou conseguindo me mexer. Sem tempo para parar e pensar nisso. Minha mente está vazia, exceto por um único pensamento:

Pegar o intruso.

Estou quase com medo de pensar em quem pode ser. Há uma vaga possibilidade ter sido uma invasão acidental, talvez um cidadão comum que acabou indo parar no acampamento. Mas, de acordo com o que Nouria e Sam disseram sobre o lugar, esse tipo de coisa seria quase impossível.

Não, parece muito mais provável que seja um dos homens de Anderson. Tem que ser. Provavelmente foi enviado para encontrar os outros filhos dos comandantes supremos — talvez indo de tenda em tenda na calada da noite para ver quem estava lá dentro. Tenho certeza de que eles não esperavam que eu estivesse acordado.

Um pensamento repentino e aterrorizante estremece dentro de mim, quase me fazendo tropeçar. *E se eles já tiverem encontrado J?*

Não vou deixar isso acontecer.

Não tenho ideia de como alguém — mesmo um dos homens de Anderson — conseguiria entrar no Santuário, mas, se era aqui que estávamos, então isso é uma questão de vida ou morte. Não tenho ideia do que aconteceu enquanto eu estava meio morto no meu quarto, mas as coisas devem ter piorado na minha ausência. Preciso pegar esse traste ou todas as nossas vidas estarão em risco. E, se Anderson conseguir o que quer esta noite, não terá motivo para manter James e Adam vivos. Se é que ainda estão vivos.

Tenho que fazer isso. Não importa o quão fraco eu me sinta. Não tenho nenhuma escolha, nenhuma mesmo.

Esforço-me, empurrando-me com mais força, minhas pernas e meus pulmões queimando. Quem quer que seja, essa pessoa é perfeitamente treinada. É difícil admitir minhas próprias deficiências, mas não posso negar que a única razão de eu ter chegado tão longe é o horário — está tão estranhamente quieto agora que mesmo ruídos suaves me parecem altos. E esse cara, seja ele quem for, sabe como correr rápido e, aparentemente, para sempre, sem emitir muitos sons. Se estivéssemos em qualquer outro lugar, em qualquer outro momento, não tenho certeza se seria capaz de rastreá-lo.

Mas a raiva e a indignação estão do meu lado.

Quando entramos em um trecho espesso e sufocante de floresta, decido que realmente odeio esse cara. O luar não penetra o bastante por aqui, o que torna quase impossível localizá-lo, mesmo se me aproximar. Mas sei que estou ganhando quando nossas respirações parecem sincronizadas, nossos passos formando um ritmo. Ele deve estar sentindo isso também, porque percebo que está correndo mais rápido, ganhando velocidade com uma agilidade que me deixa pasmo. Estou dando tudo o que tenho, mas, pelo jeito, não passa de diversão para esse cara. Está dando um passeio.

Jesus.

Não tenho escolha a não ser jogar sujo.

Não sou bom o suficiente para atirar, enquanto corro, em um alvo que está se movendo e que não consigo enxergar — afinal, não sou o Warner —, então, meu infantil plano B terá que bastar.

Atiro. Com força. Dou tudo o que tenho.

É um lançamento certeiro, sólido. Tudo de que preciso é um tropeço. Um único momento infinitesimal de hesitação. Qualquer coisa para me dar uma vantagem.

E, quando ouço uma inspiração breve e surpresa de ar... Eu me lanço para a frente com um grito e o derrubo no chão.

Dez

— O que... diabos?

Devo estar alucinando. *Espero* estar alucinando.

— Me desculpa, me desculpa, ai, meu Deus, me desculpa...

Tento levantar, mas me joguei para a frente com tanta vontade que quase desmaiei. Mal tenho forças para levantar. Ainda assim, consigo me deslocar um pouco para o lado e, quando sinto a grama úmida na pele, lembro que estou sem camisa.

Solto um palavrão.

Não tem como a noite ficar pior.

Mas, então, no espaço de meio segundo, minha mente alcança meu corpo e a força de compreensão — de percepção — é tão intensa que quase me cega. A raiva, quente e selvagem, brota de mim, e é o suficiente para me impulsionar para cima e para longe dela. Tropeço para trás, no chão, e bato minha cabeça contra um tronco de árvore.

— Filho da... — interrompo-me com um grito de raiva.

Nazeera cambaleia para trás.

Ela ainda está plantada no chão, seus olhos em brasa, o cabelo soltando-se. Eu nunca a vi tão aterrorizada. Nunca a vi tão paralisada. Algo em seu olhar dolorido acalma a minha raiva.

Só um pouco.

— *Está louca?* — grito. — Que diabos está fazendo?

— Ai, meu Deus, sinto muito — diz ela, colocando o rosto nas mãos.

— Você sente muito? — ainda estou gritando. — Sente muito? Eu poderia ter te *matado*.

E, até nessa hora, mesmo neste momento horrível, inacreditável, ela tem a ousadia de me olhar nos olhos e dizer:

— Duvido.

Juro por Deus que meus olhos ficam tão arregalados de raiva que acho que vão rasgar o meu rosto. Não tenho ideia do que devo fazer com essa mulher.

Nenhuma porra de uma ideia.

— Eu... Eu nem... — vacilo, lutando para encontrar as palavras certas. — Existem tantos motivos para te dar uma passagem só de ida para a lua, nem sei por onde começar.

Passo as mãos pelo cabelo, fechando os punhos.

— O que você estava *pensando*? Por quê... Por quê...

E, então, de repente, algo me ocorre. Uma sensação de frio e enjoo se acumula em meu peito e deixo cair minhas mãos. Olho para ela.

— Nazeera — digo baixinho. — Por que você estava no meu quarto?

Ela puxa os joelhos contra o peito. Fecha os olhos. E só quando não consigo mais ver seu rosto — quando pressiona a testa contra os joelhos — é que ela responde:

— Sinceramente, acho que este deve ser o momento mais embaraçoso de toda a minha vida.

Meus músculos afrouxam. Fico olhando para ela, atordoado, confuso, com mais raiva do que senti em anos.

— Não estou entendendo.

Ela balança a cabeça sem parar.

— Você não deveria ter acordado — diz. — Achei que você fosse dormir a noite toda. Eu só queria ver como estava... Queria ter certeza de que estava bem, porque foi tudo culpa minha e senti... Eu me senti tão horrível...

Abro a boca. Nenhuma palavra sai.

— ... mas então você acordou e eu não sabia o que fazer — ela completa, finalmente erguendo a cabeça. — Eu não... Eu não...

— Mentira — digo, interrompendo-a. — É *mentira* que você não sabia o que fazer. Se realmente estivesse no meu quarto porque estava preocupada com o meu bem-estar, poderia simplesmente ter me dito oi, como uma pessoa normal. Você diria algo como "Oi, Kenji, sou eu, a Nazeera! Estou aqui só para ter certeza de que você não está morto!", e aí eu responderia "Ah, obrigado, Nazeera, que legal da sua parte!", e você...

— Não é assim tão simples — ela protesta, balançando de novo a cabeça. — Não é... tão simples...

— Não — rebato com raiva. — Você está certa. Não é tão simples.

Fico em pé e tiro a poeira das mãos.

— Quer saber por quê? Quer saber por que não é tão simples? Porque essa história não cola. Você diz que foi até meu quarto para ver se eu estava bem, supostamente preocupada com a minha saúde, mas, daí, na primeira chance, dá um chute nas costas de um cara doente e o derruba no chão, depois ainda o faz perseguir você pela floresta *sem camisa*. Não — insisto, a raiva mais uma vez crescendo dentro de mim. — Nem fodendo. Você não está nem aí para o meu bem-estar. Você... — aponto para ela — está é tramando algo. Está tentando me *matar*, Nazeera, e não sei o porquê. O que há?

Não conseguiu terminar o trabalho da primeira vez? Voltou para ter certeza de que eu estava morto? Foi isso?

Ela fica em pé devagar, mas sem olhar para mim.

Seu silêncio está me deixando louco.

— Quero respostas — grito, tremendo de fúria. — Agora. Quero saber o que diabos você está fazendo. Quero saber por que está aqui. Quero saber para quem está trabalhando — e, por fim, quase berrando as palavras: — *E quero saber por que você estava na porcaria do meu quarto hoje.*

— Kenji — ela diz com suavidade. — Sinto muito. Não sou boa nisso. É só isso que posso dizer. Desculpa.

Fico tão chocado com o atrevimento dela que recuo em resposta.

— De verdade, sinto muito — ela fala de novo, afastando-se lentamente de mim. Mas, ainda assim, eu sabia como essa garota é capaz de correr. — Me deixe morrer de humilhação em outro lugar, tá? Desculpa mesmo.

— *Pare.*

Subitamente, ela fica imóvel.

Tento estabilizar a minha respiração. Não consigo. Meu peito ainda está pesado quando digo:

— Apenas me conte a verdade.

— *Eu te contei a verdade* — ela insiste, com raiva brilhando em seus olhos. — Não sou boa nisso, Kenji. Não sou boa nisso.

— Do que você está falando? É claro que você é boa nisso. Seu trabalho é matar pessoas.

Ela ri, mas soa um pouco histérica.

— Você se lembra — ela diz — de quando falei que isso nunca funcionaria?

Ela faz aquele gesto conhecido, aquele movimento entre os nossos corpos.

— Lembra?

Algo inconsciente, algo primitivo que não consigo controlar, dá uma agulhada de calor no meu corpo. Mesmo neste momento.

— Sim — respondo. — Lembro.

— Era disso — ela diz, chacoalhando os braços. — Era disso que eu estava falando.

Faço uma careta. Sinto que perdi o fio da meada.

— Eu não... — faço outra careta. — Do que você está falando?

— *Disso* — ela diz, a fúria despontando em sua voz. — Disso. *Disso*. Você não entende. Não sei como... Não sei fazer isso, entende? Nunca fiz. Tentei falar para você naquele dia que eu não... Mas, agora... — ela se interrompe balançando a cabeça com firmeza. Vira-se para o outro lado. — Por favor, não me faça falar...

— Falar o quê?

— Que você... — ela para. — Que isso...

Eu espero, espero, e, ainda assim, ela não diz nada.

— Eu *o quê?* Isso *o quê?*

Por fim, ela suspira. Olha para mim.

— Você foi o meu primeiro beijo.

Onze

Eu podia passar anos tentando adivinhar o que ela ia me dizer, mas jamais teria acertado.

Jamais.

Estou para lá de perplexo. Abismado.

E só consigo dizer...

— Mentira.

Ela balança a cabeça.

— Mas...

— Não estou entendendo.

— Eu gosto de você — ela diz calmamente. — Muito.

Uma sensação percorre o meu corpo — uma sensação aterrorizante. Uma onda de sentimentos. Como uma labareda. *Alegria*. Depois, negação, negação a todo vapor.

— Mentira.

— Não é mentira — ela sussurra.

— Mas você estava tentando me matar.

— Não — ela baixa a cabeça. — Estava tentando mostrar que me importo com você.

Só consigo olhar para ela, atordoado.

— Dei para você uma dose um pouco mais forte daquela droga porque imaginei que pudesse acordar no avião e acabar assassinado — ela explica. — Fui ao seu quarto hoje à noite porque queria me certificar de que você estava bem, mas, quando você acordou, fiquei nervosa e sumi dali. Mas aí você começou a falar, e as coisas que disse eram tão lindas que eu simplesmente — ela balança a cabeça — não sei. A verdade é que não tenho nenhuma desculpa. Fiquei porque queria ficar. Fiquei lá te observando como uma maníaca e, quando você me pegou, tive tanta vergonha que quase te matei.

Ela cobre o rosto com as mãos.

— Não tenho ideia do que estou fazendo — ela diz, suas palavras tão baixinhas que eu tenho que me aproximar para ouvi-las. — Estou preparada para, literalmente, qualquer situação de alto risco nesta vida, mas não tenho ideia de como retribuir uma emoção positiva. Nunca me ensinaram. Por isso eu prefiro evitar por completo.

Finalmente, ela encontra meus olhos.

— Sempre evito fazer coisas nas quais sou ruim — ela continua. — E isso aqui… Namoro? Intimidade física? Eu simplesmente não… Nunca. Com ninguém. É muito confuso. Demais. Há muitos códigos, muita coisa para filtrar e decifrar. Além disso, a maioria das pessoas que conheço é idiota ou covarde ou ambos. Raramente são autênticas. Nunca dizem o que estão realmente pensando. E mentem na minha cara — ela suspira. — Exceto você, claro.

— Nazeera…

— Por favor — ela diz com suavidade. — Isso é tão humilhante. Se for tudo bem para você, prefiro não arrastar esta conversa além do absolutamente necessário. Depois de hoje, vou me manter afastada, não vou mais me aproximar de você. Eu prometo. Me desculpe por tê-lo machucado. Não quis chutar você com tanta força.

E, assim, ela sai.

Vira-se e vai embora, e sou tomado por algo, algo que parece muito com pânico. Digo:

— Espere!

Ela congela.

Corro atrás dela, agarro-a pela cintura e a giro na minha direção. Ela parece surpresa, depois incerta, quando pergunto:

— Por que eu?

Ela permanece calada.

— O que você quer dizer?

— Quero dizer… Naquele dia, quando você me beijou. Você me escolheu naquele dia, não foi? Para o seu primeiro beijo.

Depois de um momento, ela assente.

— Por quê? — repito. — Por que você me escolheu?

De repente, seus olhos suavizam-se. A tensão em seus ombros desaparece.

— Porque — ela diz baixinho — acho que você deve ser a melhor pessoa que já conheci.

— Ah.

Dou um suspiro profundo e irregular, mas parece não haver oxigênio suficiente. A sensação está me inundando, tão rápida e quente que nem consigo lembrar que estou congelando.

Acho que estou sonhando.

Deus, espero não estar sonhando.

— Kenji?

Diga alguma coisa, idiota.

Nada.

Ela suspira, o som preenchendo o silêncio. E, então, olha para baixo, para o chão entre nós.

— Eu sinto muito, muito, por ter chutado você. Está tudo bem?

Dou de ombros, depois faço uma careta.

— Acho que não vou conseguir andar amanhã de manhã.

Ela espia para cima com um toque de diversão nos olhos.

— Não é engraçado — digo, mas estou começando a sorrir também. — Foi horrível. E... Jesus... — falo, de repente nauseado. — Eu tentei atirar em você por isso.

Ela ri.

Ri, como se eu tivesse acabado de fazer uma piada.

— Estou falando sério, Nazeera. Eu podia ter te matado.

Ela fechou o sorriso quando percebeu que eu estava falando sério. Depois olhou para mim, realmente olhou para mim.

— Não é possível.

Reviro os olhos, mas não consigo não sorrir diante da segurança dela.

— Sabe — ela diz baixinho —, acho que uma parte de mim queria que você me pegasse.

— É?

— É — ela sussurra. — Caso contrário, por que simplesmente não saí voando?

Levo um instante para assimilar isso.

Ai...

Droga.

Ela tem razão. Eu nunca teria uma chance contra ela.

— Ei — falo.

— Que foi?

— Você é completamente doida, sabia?

— Sim — ela responde, suspirando.

E, de alguma forma, impossivelmente...

Eu sorrio.

Com cuidado, estendo a mão, acariciando seu rosto com a ponta dos dedos. Ela treme sob o meu toque. Fecha os olhos.

Meu coração para.

— Nazeera, eu…

Um grito selvagem, cortante, de congelar o sangue, suspende o momento.

Doze

Nazeera e eu trocamos um olhar de meio segundo antes de corrermos de novo. Eu a sigo pela floresta, em direção aos gritos, mas, tão rápido quanto ecoaram, silenciaram-se mais uma vez. Paramos de repente, confusos, quase caindo para a frente. Nazeera vira-se para mim de olhos arregalados, mas ela não está de fato me vendo.

Está esperando. Escutando.

De repente, ela se posiciona. Não sei o que ouviu, porque não ouvi nada. Mas eu já sabia que aquela garota era demais para mim; não tenho ideia das outras habilidades que ela possui. Do que mais ela é capaz de fazer. Mas sei que não se deve duvidar da mente dela. Não quando se trata de uma situação de merda como esta.

Então, quando ela começa a correr de novo, sigo logo atrás.

Eu me dou conta de que estamos voltando para o ponto de partida, para a entrada do acampamento de Nouria, quando três gritos cortam a noite. Então, de repente...

No mínimo cem outros gritos.

É aí que entendo para onde Nazeera está indo. Para *fora*. Para fora do Santuário, para a área não protegida, onde poderíamos ser facilmente encontrados, capturados e mortos. Eu hesito, velhas dúvidas me questionando se estou louco por confiar nela...

— Vamos nos camuflar, Kenji... *Agora...*

E ela desaparece. Respiro profundamente e vou atrás.

Não demora para que eu entenda.

Fora da proteção do Santuário, os gritos intensificam-se, ressoando e multiplicando-se na escuridão. Só que não está escuro, não ali. Não exatamente. O céu está dividido, escuridão e luz fundindo-se, nuvens caindo para os lados, árvores vergando-se, tremulando e vergando-se. A terra sob nós começou a lascar e rachar, tufos de grama no ar, batendo em tudo e nada ao mesmo tempo. E, então...

O horizonte moveu-se.

De repente, o sol está brilhando debaixo da gente, sua luz queimando, cegando, fraturando, como um relâmpago derrapando sobre a grama.

Mas, na mesma hora, o horizonte volta ao seu lugar.

A cena é mais do que surreal.

Não consigo processá-la. Digeri-la. As pessoas estão tentando correr, mas não conseguem. Estão como que possuídas. Confusas demais. Dão apenas alguns passos antes de o cenário alterar-se novamente, antes de todos se afundarem na escuridão, na luz, na escuridão, na luz.

Nazeera materializa-se ao meu lado. Saímos da nossa invisibilidade. Está claro que não há razão para nos camuflarmos. Não ali. Não naquele momento.

E, quando Nazeera vira-se abruptamente e começa a correr, já sei que ela está voltando para o acampamento.

Precisamos contar aos outros.

Só que eles já sabem.

Eu a vejo antes de chegarmos de volta. Logo na entrada, cercada pelo caos.

Juliette.

Ela está de joelhos, as mãos nas têmporas. Seu rosto está estampado com pura agonia, e Warner está agachado ao lado dela, pálido e horrorizado, segurando-a pelos ombros, gritando algo que não consigo ouvir.

E, então...

Ela grita.

De novo não, eu penso. Por favor, Deus, de novo não.

Mas desta vez é diferente. Desta vez, o grito é para si mesma; uma expressão de dor, de horror, de engano.

E, desta vez, ao gritar, ela diz uma frase única e inconfundível:

— *Emmaline* — ela grita. — Por favor, não faça isso...